戲劇館

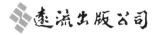
遠流出版公司

戲　劇　館

舞者阿月
台灣舞蹈家蔡瑞月的生命傳奇

作者◎汪其楣

總策劃◎汪其楣

主編◎曾淑正

美術設計◎李俊輝

圖片提供◎財團法人台北市蔡瑞月文化基金會

發行人◎王榮文

出版發行◎遠流出版事業股份有限公司

地址◎台北市南昌路二段81號6樓

電話◎(02)23926899　傳真◎(02)23926658

劃撥帳號◎0189456-1

香港發行◎遠流（香港）出版公司

地址◎香港北角英皇道310號雲華大廈四樓505室

電話◎(852)25089048　傳真◎(852)25033258

香港售價◎港幣66元

著作權顧問◎蕭雄淋律師

法律顧問◎王秀哲律師・董安丹律師

2004年9月28日 初版一刷

行政院新聞局局版臺業字第1295號

售價◎新台幣200元（如有缺頁或破損，請寄回更換）

ISBN 957-32-5311-9

YL.com 遠流博識網　http://www.ylib.com
E-mail: ylib@ylib.com

TAIPEI 台北市文化局 贊助出版

舞者

台灣舞蹈家蔡瑞月的生命傳奇

阿月

■ 中學時期的蔡瑞月

台灣舞蹈家蔡瑞月的生命傳奇　舞者阿月

出版緣起

定場詩——為戲劇館揭幕

戲劇閱讀的時代來臨了。

人類的想像力透過文字，成為呼風喚雨的語言，成為激盪心靈的場景，成為情緒綿延、思質起伏、不易言喻的，感性上的認知。

觀劇的即時性、臨場感，相對於私密閱讀的無遠弗屆、不限時空。與眾同歡共泣的集體行為，相對於在一己的當下，就形成最小單位之劇場的恣意與精準，不僅在今日的都市生活中互補並存，而且造成分享熱鬧與探索門道之間更為雋永的循環。

戲劇既是一個高度發展的現代社會中最成熟的表達方式，戲劇亦被視為學習行為中最自然有效的摹擬、感染與散播。台灣戲劇活動頻繁，成為不可忽視的文化動力，各年齡、各階層對舞台演出有無盡的興趣與嚮往，許多人透過劇場這樣的藝術與紀律，凝聚了集體的心靈，展現了個體獨特的才華，迸發了性情深層的創造力，在舊有制度和觀念的重重障礙下，台灣劇場的創作，仍然有令人亮眼心動的表現。這樣的創作人才和創作影響值得鼓勵和累積，而未來人文藝

術永續發展中對於戲劇資源與教材的渴求，更使遠流責無旁
貸地負起開設戲劇館的使命。

目前以出版台灣各劇種的創作為主，外來作品為輔。戲
劇文學，演出圖譜、記實，劇場各項設計及聲光圖、文錄，
表、導演思維與實踐的闡述探討，劇場相關藝術與製作的原
理、方法及科技種種，都是館裡的戲碼。

戲劇觀眾及讀者將在劇場及網路內外滋生、互動，戲劇
藝術家和劇場工作者，在戲劇館內外也有更大的空間和不同
的表達機會，透過不斷的搬演與閱讀，甚至殊途另類的再製
作、再發揮，屬於大眾的戲劇館，提供藝術經驗多元的流通
與薪傳的未來。

戲劇開館，精采可期。作為出版者，在此為您提綱挈
領、暗示劇情，一如傳統戲曲的演員粉墨登場之時，先吟唱
一曲定場詩詞，與觀眾一同期待所推出連台好戲的無限興
味。

王榮文

石井綠作品 1934
匈牙利舞〈祭典之夜〉The Night of Ceremony
蔡瑞月

目錄

《舞者阿月》劇本

石井綠作品 1944
創作舞〈夢〉Dream
攝於楊三郎畫室 1954

台灣舞蹈家蔡瑞月的生命傳奇 舞者阿月

妳的舞，我的憶

　　對照蔡瑞月的年表和我的記憶，應該還沒進小學我就看過她的舞。在三軍球場，當時台北最大最熱門的場地，還未加蓋頂棚，記得風很大，我冷得打抖卻不肯早回家，可能就是那次得了支氣管炎，引起氣喘，開始過著多病的童年。小學二、三年級在醫生的建議下，被送去練舞，到李淑芬舞蹈社。我怎會不喜歡舞蹈，但總忍著淚跟不上，晚上坐三輪車去學舞，還要蓋一條毛毯的體質，也跟白天上正課一樣，常常請假。很快的輟舞在家，只能憧憬著舞蹈社的燈火輝煌，一邊難過的擔心，會不會一直打噴嚏、咳嗽，又發喘，又整夜不能躺下，不能去上學，而且以後都不能再去學舞了。

　　但我對舞蹈是一直嚮往著，短短十數月舞蹈教室的基本動作，使我幾十年來都以為自己是個很懂得觀賞的內行。把從來不敢招供的事也寫出來吧，小三我還權充過舞者，和同班的陳竺筠（後來成了我大學老師王文興的妻子）在附小操場的水泥台子上表演過一次，還穿硬鞋。

　　我同學裡有很多習舞有成的好友，小五同座的胡渝生，就是蔡老師兒童舞團的副團長，我跟著她的姐姐，去看過演出和排練。我還在眾多化著妝戴著冠飾的主角裡猜，誰是團長呢？進了北一女初中部，團長吳淑貞竟又與我同座；當時

蔡老師舞展頻仍，她常帶演出的相片給我看，很多各國的舞蹈，繽紛盛大，也很多芭蕾舞，純淨漂亮。也有一張她被舉到半空中的舞姿，後來才又印證了，就是她重跳「海燕」的劇照。進了台大，與化工系的金大飛因參加金門的勞軍活動相識，原來她就是兒童舞團的另一個副團長。我們一見如故，那回跟她同台跳山地舞，所有各系的雜牌軍男生女生都得意極了。這支舞沒技巧，但練得多，演得多，這群同台跳過舞的人宛如生死之交。

我和蔡老師舞團的這些主將如此接近，定是天意，及早培養我寫她這個劇本的素養。

除了三軍球場、中山堂、藝術館的舞展，更意外的是我看到了她導演的一齣大型戶外劇場，在當年仍風華高貴的台北賓館，中秋節招待外交使節的晚會。蔡老師擘劃這個兼及室內戶外，運用京劇、雜耍、特技、舞蹈各媒介，湖上船景，河畔行宮，草坪上仙女翩翩起舞，及電動雲梯，最後讓唐明皇一行登上廣寒宮。

我記憶中的場景片段在閱讀她的口述歷史後，迴轉成燈光、音樂、舞蹈全然生動的畫面，而且更清楚的是周圍觀眾的神往與讚嘆，那種演出能激盪人心的感覺一直留在我心

裡。

十幾年過去，我唸完中文系又出國學了劇場。我自己成為一個在台灣創作的戲劇導演，也與所有藝術界的創作者，尤其音樂家和舞蹈家，一起分享、一起呼吸、一起悲喜這片土地給我們的營養和限制。

我也與舞蹈界非常接近。我走進劉鳳學老師的排練場，跟她的新古典舞團出國，打理她的巡迴外務，也擔任舞台監督；好像我本來就該懂得做這些事。我長年跟著京劇前輩梁秀娟老師記述《旦角基本動作——手眼身法步》，更覺得離動作表達情緒的世界非常親近。我還成為林懷民的好友，在雲門舞集還是「研究會」的時代，做過他的「理事長」，我們還一起辦過國際舞蹈學校的舞蹈節。排舞的場景，舞者的汗水與淚水，傷創累累的肢體，和不老的容顏，在我的生活中成為最重要的血色，我所認定的劇場專業，往往在舞蹈的行當中才找得到。

蔡瑞月老師和雷大鵬仍常發表舞作，但我對她有時熟悉有時陌生，後來才比較了解他們母子多數時候沉默的原因。奇妙的是，「七二舞展」那年，因為蔡老師，我拋下手中所有的事趕到國父紀念館，去看六十二歲的她上台，看到她踏

著〈讚歌〉的步子，柔美莊嚴，令人感動莫名。我馬上走往後台，冒失地到她面前擁抱她，跟她說，我們這一代從三軍球場開始看舞的有多佩服她。不久後就聽說蔡老師離開台灣到澳洲去了。

這一別就又是十多年。一九九四年我們回到舞蹈社，所有的我們，台北藝術界，都出動了，為保衛台灣舞蹈發展的地標而展開 24 小時馬拉松的展演活動。那次也是更年輕一代的表演藝術工作者和更年輕的媒體，重新認識蔡瑞月老師的開始。

一九九九年我到她的家鄉台南去教書。二〇〇〇年做台南的女性戲劇《一年三季》。蔡老師來看戲，我開始被她看到，於是「劇寫蔡瑞月」之約，從那年開始萌芽、訂定。

書寫當代人物，是比憑空臆造、隨意發展要困難得多，但蔡瑞月老師卻在創作上給我很多「編劇」的空間。我主要參考她的口述歷史──《台灣舞蹈的先知》，以及雷石榆當年在台灣南北報章上發表的與蔡瑞月及舞蹈有關的文章，還有先向藍博洲借閱，後由朱宏章在北京的圖書館找到《新文學史料》，影印了雷石榆〈我的回憶〉全文。另外就是拜訪了雷先生當年的至交，魏子雲教授，請教雷蔡兩位愛情、婚姻及

家居生活的實況，外在社會政治環境等等。另外也訪問了幾位她當年的學生，包括我的好同學對老師的描述。蕭渥廷借我很多珍貴的剪報和圖片，還有她對我的友誼和信任。與大鵬談話的機會不多，我感受到他對父親母親濃烈的感情，他們一家人的溫柔良善。

我更全心所依憑的是我與蔡老師相處時的感覺。她舞蹈重建時，我跟她回到火燒後漏著雨的舞蹈社，及外租的排練場工作。我坐在她的近旁，跟著她的眼睛轉動，聽到她的思想和語言。也常在她與親友相會或對外洽談時一起陪著去，坐在她的身後，靠近她的感官與心念的流轉。我常被我書寫的角色而感動，內心總是澎湃不已。

蔡老師對我沒有保留的說話，幫助我了解她，了解很多事情，但她更一派輕鬆的要我放手創作，「妳去編嘛，妳去加油添醬沒關係。」（最近我排完戲去看她，「老師，我在模仿妳。」她回答：「妳太客氣，妳創造我。」）我感激她的胸襟和見識，她的確是一位深得創作三昧的大家。而我下筆的時候，只想寫下她血肉之軀所經驗和承受的，只想揣摹她的情感、語言、神貌，她心靈深處的悸動。

一年半的反覆推敲，二○○二年六月，全劇初稿終告寫

成。由於此劇領受國家文藝基金會的創作補助，所以結案前
依約舉行兩場公開的讀劇。我請成大的同事施懿琳、祝平
次、林朝成，學生嘉芬、芷晴、芳琪、安琪、小白、小藍、
騰毅、威志、冠熹、啟豐、建州、大峻、三益等，台南劇場
界的許瑞芳、吳煥文、王美霞，台北來支援的好友陳偉誠、
王婉容等二十幾位參與，還有大提琴手楊士賢、笛手陳銘凱
的現場配樂，浩浩蕩蕩在台南誠品讀劇。在蔡老師的親友及
學生面前，在所有以前不認識她的陌生觀眾面前，劇本初次
通過考驗。角色的情感處境，已透過語言到達人心。接下來
的工作，就是籌備真正搬上舞台的公演及劇本的出版。

　　一個充滿當代真實角色的劇本還是該補充說明相當的社
會背景和人物身分特質，才能有助於歷史文化厚度和角色的
氛圍和鮮明度。這項工作進行得蠻久，但很有收穫。「疊戲
弄」的成員蔡孟芬、姜富琴先來幫忙收集資料，我中文系的
好友黃金美來加入撰述工作，才真有老同學一起讀書，互改
文字的樂趣。我們出生於民國三十五年，就是蔡瑞月搭大久
丸回國的那一年，於是兩個嬰兒跟著她重新走一遍、讀一遍
我們成長的歲月。不怕麻煩地四處搜尋資料，希望悉心描繪
蔡瑞月、雷石榆同輩的菁英，他們每一位令人讚歎、激賞的

人生。我們深覺幸運，能在他們的記傳中認識他們，珍貴的看待他們，而註解中的些許幾行簡介，背後其實有著更多我們的敬意和紀念。

金美到萬華尋訪廖五常師傅的舊鄰居，到馬偕醫院找到趙榮發醫師；成大博士生蔡蕙如、王建國透過教會長老引介，見到吳振坤夫人。我翻遍朱昭陽、高俊明、胡子丹、黃華陽等人的回憶錄，綠島人權資料，海內外名家對政治案件的撰述；無形中讀到很多在半噤啞的社會裡無從理解的政治黑牢，也有機會進一步勾勒出〈大久丸上同船君子〉（聯副2004/8/4），而接到童搖轍老先生的回應，得以接續找到楊廷謙部長的生平資料。

兩個中文系最扼腕的就是，怎麼沒有及早去向系主任臺靜農先生打探，他對我們很親切、很接近，我們畢業後常常到臺先生家開同學會。那時停在他巷口監控的吉普車已很少出現。最近才閱讀到，原來當年他和雷石榆是同時到台大中文系任教的「年輕一輩」，怎麼我不「早知道」有一天我會寫蔡瑞月的劇本！虔誠的感謝所有與劇中相關的人物，你們活過的時代，孕育了這個劇本，孕育了我們。

當年我只是眾多對舞蹈憧憬，對現實茫昧，對政治無

感，而對藝術一知半解的孩童之一。寫下這個劇本時，記憶中的斷片殘彩開始連接，開始立體化，開始有她嬌柔壯懷的聲音和舞者深情飽滿的呼吸。

　　推敲了四年的劇本，如今公演在即，我在排練場上，還在揣摹口氣、重建情緒；或是翻查圖片、講解角色及社會背景時，都覺得還沒寫完。覺得還有好多我們共同擁有的故事要跟讀者、跟觀眾細訴，再真真實實地一起走過，我們不該失去的記憶。誠實的面對歷史之外，更珍重的聆聽彼此的故事。

二○○四年九月九日於民生里樹梅坑家中

■ 石井綠作品 1944
創作舞〈夢〉Dream
石井綠為蔡瑞月所編作的獨舞
攝於楊三郎畫室 1954

台灣舞蹈家蔡瑞月的生命傳奇　舞者阿月

主題人物簡介

　　蔡瑞月女士，是當代影響最深遠的舞蹈前輩。一九二一年生於台南，十六歲負笈日本專習舞蹈。九年後，一九四六年春天回到熱愛的故鄉台灣，而積極開展編舞、演出與教學工作。她在當時保守的社會中開創風氣，在荒漠台灣各地播下舞蹈的種子，編了兩百多支現代、民族及芭蕾舞作，演出千餘場，也培養子弟和觀眾無數。

　　一九四七年，她與詩人雷石榆先生結婚，育子雷大鵬，一九四九年雷先生被捕，不久遞解出境，以致與她深情相惜的丈夫就此一別四十餘年，到一九九○年才在大陸相見。自己也曾繫獄三年，服刑台北、內湖和綠島，於一九五二年獲釋。在船上、在獄中的她都不曾停止編舞和演出，出獄後，她一面獨自撫養雷大鵬長大，成為一位優秀的舞者，另方面又全力推展舞蹈，任教於各級學校，並於中山北路開設如今已是市定古蹟的中華舞蹈社。

　　她舞蹈學生年年比賽得獎，她的舞作到處受歡迎，不停地勞軍、公演，並到海外交流，很少人知道她仍然過著政治監控的日子。直到一九八三年，她隨雷大鵬居留澳洲前，才領到坐牢犯案紀錄被刪除的「良民證」。

　　十多年來在雪梨、墨爾本、布里斯本教舞做創作研究的

蔡老師，年邁仍受到肯定，獲頒昆士蘭大學的榮譽博士學位，一九九四年中華舞蹈社面臨拆除，引起的藝術界關懷救援運動——「從這個黃昏到另一個黃昏」，不同世代的舞者、各類型的藝術工作者，不同黨派的政界人士，共有在文化上尋根的渴望。蔡瑞月再度返回台灣來做口述歷史，參與紀錄片拍攝，以及自己舞作重建的工作。

一九九九年舞蹈社正式列入古蹟，卻突然失火，竟成廢墟，許多珍貴的資料、相片亦付之一炬，將近八十歲的蔡老師就在二○○○年秋，堅定地一片片拾起當年舞作，邀請各方成熟舞者一起重現她畢生的精華。

劇本付梓之時，神采奕奕，談吐雅潔的她以八十三歲高齡，仍在創作編舞，並擬定一系列重建計畫。蔡瑞月生命中的奮鬥經歷和創作才情，就是台灣政治、社會、藝術史上的傳奇與見證。

謹以此劇向這位前輩藝術家致敬，也向所有熱愛舞蹈，為舞蹈奉獻青春歲月，藉舞蹈完成生命理想的男男女女，送上這充滿舞台的頌歌。

台灣舞蹈家蔡瑞月的生命傳奇　舞者阿月

序場：呼喚舞靈

▍蔡瑞月作品 1949
現代舞〈假如我是一隻海燕〉If I Were a Petrel
創作靈感來自雷石榆的同名詩作，台北中山堂首演

　　（幕起。舞台左邊前緣一角，是一個木籠子樣的裝置藝術。上面斜掛著一個招牌「人類族Party Ⅲ」和一個小紅牌「只准餵新台幣」。裡面站著一位堅守崗位的女演員，她慢慢地把頭髮梳好，頭前頭後的兩副面具都戴上，然後開始在木籠裡做出類似瑜珈動作的靜止圖像的轉換與變奏……。

　　燈光先聚焦在這個籠子上，漸漸擴散轉換，照亮整個舞台，觀眾漸漸看清楚這是在台北市中山北路二段48巷的巷子裡，進行著「1994年台北藝術運動──從這個黃昏到另一個黃昏」（註1）。藝術團體以馬拉松接力方式聲援台灣最早的舞蹈地標免於被拆毀。

　　蔡瑞月舞蹈社門外的招牌還掛在柱邊，內裡空間依稀可見，晃動著燈光和人影，門邊和巷道裡也聚集著一小群一小群的藝文界同道，裡裡外外其實有不同的表演區和演講區。表演完了的團體走出來一面擦汗，卸下頭飾、裝扮，一面與工作人員擁抱，互相叮嚀，珍重而去。

　　有幾位資深的舞者（註2）盛裝而至，帶著學生前來支援，攝影機跟著他們。）

舞　者　1：當然，我是蔡老師的學生，我跟她學了八年，一
　　　　　　直到她出國。我很想念很想念她。
舞　者　2：我也是蔡老師的學生，不算最早的，但從小練到
　　　　　　大學，一個禮拜三次，就連颱風也不間斷。

舞　者 3：（一位高大的男舞者）蔡老師是我的啟蒙老師，
　　　　　　對我影響很深，這所舞蹈社就像我的另一個家一
　　　　　　樣。希望不要在今天這種颱風來襲的時候，讓我
　　　　　　們失去了舞蹈社。

舞　者 2：蔡老師是我的藝術之母。

舞　者 1：她就是舞蹈！是她在這一片沙漠中開墾出一片
　　　　　　田，台灣舞蹈界才有今天這個樣子。

舞　者 4：（一個年輕的舞者）我雖然沒有見過蔡老師，但
　　　　　　是我上過課的老師都跟蔡老師學過舞。

舞　者 5：（另一個年輕的舞者）希望有人能站出來幫助我
　　　　　　們，把一個跳舞的地方拆掉真太不應該了。
　　　　　　（說著說著她落淚，同伴拍拍她，摟住她的肩。）
　　　　　　我們一面跳舞，還一面祈禱。但是，我覺得這樣
　　　　　　跳有什麼用，會有人注意到我們的呼聲嗎？（繼
　　　　　　續拭淚）
　　　　　　對不起———。
　　　　　　（攝影機突然轉向，往另一端趨前急去，又退著引
　　　　　　導出兩個市長候選人到現場來。舞者們睜大眼睛
　　　　　　看著記者們簇擁的政治人物，他們向周圍的人群
　　　　　　一一握手。這幾位舞者速往後退，市長候選人之
　　　　　　一對舞台斜後上方大聲喊話。）

候　選　人：我們一定會搶救舞蹈社———我們一定會按照你

們的訴求保存這個古蹟。

（原住民歌謠（註3）的曲調由舞台另一邊嘹亮地傳來，掩去喊話聲音，他們上場後，風颳起來，他們壓著帽沿，拉著衣襟，也對著右斜後上方高聲地大唱。）

（屋裡傳來一位長者吟詩的聲音。）

（雲門舞集的林懷民先生由巷口進來，他站在一位拉著帽沿對著天空吟唱的女老師身邊，關切地對懸吊在空中的三位舞者（註4）望著。突然一位年輕的記者又出現了。）

記　　者：請問林老師，請問您也認識蔡瑞月女士嗎？

林　懷　民：（有點意外地看著這位記者，但耐著性子回答）是的，很早就認識了。

記　　者：是什麼時候？您回國成立雲門的時候嗎？

林　懷　民：更早，還沒見過她之前，就讀到她的報導，大概我七歲的時候，在《學友》（註5）上面讀到蔡老師的訪問記，才知道原來台灣也有Ballet Dancer。

記　　者：什麼是「學友」？

林　懷　民：是一本小學生的文藝雜誌。

記　　者：真的啊？怎麼都沒聽過———

然後呢，什麼時候見到她的？

林　懷　民：正式見到蔡老師，我已經唸大學了，就是在這

　　　　　裡，蔡老師安排黃忠良（註6）的現代舞的課，大

　　　　　家都來上課，蔡老師她也下去一起跳，真的。那

　　　　　時候國外來了什麼舞團，喜歡跳舞的人都會在這

　　　　　個studio出現。

記　　者：像哪些舞團？

林　懷　民：（開始轉身）Elenora　King（註7）、阿龐德（註8），

　　　　　Merce　Cunningham（註9）、John　Cage（註10）

　　　　　的記者會，嗯，很多，崔蓉蓉（註11）、陳學同

　　　　　（註12）他們回來也是在這裡給課……

　　　　　我想我們該進去聽長輩吟詩了，好嗎？（逕自往

　　　　　舞台後方走進去）

魏　子　雲：（傳來魏子雲（註13）先生朗誦〈假如我是一隻海

　　　　　燕〉（註14）。暫引全文在此，演出時可斟酌長短及

　　　　　段落。）

　　　　　假如我是隻海燕

　　　　　永遠不會害怕

　　　　　也不會憂愁

　　　　　我愛在暴風雨中翱翔

　　　　　剪破一個又一個巨浪

　　　　　而且唱著歌兒

　　　　　用低音播送愛情的小調

　　　　　但我的進行曲

世間也沒有那樣昂揚

風靜了，浪平了
我在晴朗的高空
細細地玩賞
形形色色的大地
蒼蒼茫茫的海洋
而且我愛戀著海島
海島的自然那麼美麗
而且那麼多浪花
那麼多風雨
還有啊！太陽用多彩的光芒
把它浮雕在
白雲綠水之間

我發狂地飛旋著唱歌
用低音唱出愛情的小調
用高音開始進行曲的前奏
哦！假如我是一隻海燕
永遠也不會害怕
也不會憂愁
（鼓掌聲，接著聽到蕭渥廷（註15）從高空傳來的

聲音。）

蕭　渥　廷：風靜了，浪平了，我在晴朗的高空，細細地玩賞
　　　　　　形形色色的大地，而且我愛戀著海島，而且那麼
　　　　　　多浪花，那麼多風雨。

　　　　　　唉！風雨中看到魏子雲叔叔的白頭髮，他一直都
　　　　　　是我們家的支柱。

魏　子　雲：我好友的妻子，是一位虔誠的基督徒，她一生不
　　　　　　求名利，忠於丈夫，忠於理想，為台灣的舞蹈奉
　　　　　　獻她的一生。

　　　　　　（蕭渥廷漸漸上台，是剛從高空降下的模樣，一面
　　　　　　解開雨衣、吊帶、頭盔，有人幫她整理、拿開。）

蕭　渥　廷：魏叔叔說的真好，雷爸爸也真是個天才詩人，怎
　　　　　　麼在詩裡寫出了蔡老師後來的人生。

　　　　　　老師……（開始做打手機的動作）

魏　子　雲：那是四十多年前的事，我剛剛朗誦的這首詩，就
　　　　　　是雷石榆寫給蔡瑞月的，裡面有多少詩人和舞蹈
　　　　　　家的才情、文采，以及他們相互之間的理想境
　　　　　　界。

　　　　　　你看……

　　　　　　（打雷的聲音，一陣響過，蕭渥廷講電話）

蕭　渥　廷：老師，妳願意嗎？放棄舞蹈社的主權，作為市民
　　　　　　的公共空間。

老師，妳如果願意，捐出舞蹈社的史料和文物，
把妳的教學、創作、演出，所有的資料與收藏，
以及和亞洲舞蹈界的交流，讓所有的後輩享有這
些資料，妳願意嗎？

我們可以努力，把這個空間變成藝術特區。如果
妳首肯，我們可以發起連署，努力規劃這個藝術
特區，也許舞蹈社免於被拆除。

（在老詩人的吟誦和空中傳來的越洋電話的聲音交
疊中，原住民歌謠又傳來。舞台上的人們披著雨
衣或把衣服搭起頭上，相扶而過。

燈光轉換，更深的夜。舞台側邊映出的營火光影
仍閃爍著，歌聲轉輕。

蕭渥廷凝望著舞台。

舞台一角出現一個穿白色衣裙的年長舞者。她的
頭髮也是銀白色的，跨著〈讚歌〉的大步上場，
隨後又輕飄飄地以戲曲旦角的凌波微步姍姍而
進。

舞台後區的燈光漸滅，蔡瑞月站在門口張望，傾
聽了一會兒，轉過身來回望，走過小木籠，撫了
撫裡面還在進行動作的年輕人。抬頭往天空望了
幾眼，輕緩地支手在臉頰邊。向他們搖手……微
笑……。）

（閃電。）

（莊嚴嘹亮的音樂響徹舞台，蔡瑞月從斜向後方的
姿態轉身，正面環顧四方⋯⋯

全場燈漸暗，但有一道銀白的光束跟著她轉動。）

註1　1994年台北藝術運動———「從這個黃昏到另一個黃昏」：
指的是1994年10月8日下午5時到9日下午5時，為了搶救即將被拆除的蔡瑞月舞蹈社，在舞蹈社內外同步進行的24小時藝文活動。舞蹈界前輩劉鳳學及林懷民等各世代藝文界人士都積極支持響應，希望能保留這座二〇年代的建築，這所活躍了四十幾年的舞蹈教室，「中華舞蹈社」。活動在雲門舞者表演《傳球樂》中揭幕，接著由三十幾個團體，兩百多位藝術工作者分別推出講座、舞蹈、戲劇、音樂、美術等節目，熱烈的進行了兩天馬拉松接力展演。（1994年台北藝術運動節目表，請見下頁）

註2　資深舞者：
許多活躍在不同世代及場域的舞蹈家，如游好彥、林絲緞、胡渝生、廖末喜、徐元慶、李清漢、吳素君、楊宛蓉、劉紹爐、陶馥蘭、陳玉秀、平珩、古名伸、蕭渥廷、蕭靜文、詹曜君等，其中有些是蔡瑞月舞蹈社的弟子，在許多不同的場合及不同的媒體上挺身而出，為師門及舞蹈發言。

註3　原住民歌謠：
由當時還任教於藝術學院的汪其楣帶領學生進行「原住民歌謠營火會」，那年她正在編導以原住民神話傳說為題材的《海山傳說‧環》，大家帶著原住民歌謠的筆記本和影印的歌單，請排灣族童春慶在舞蹈社巷口廣場點亮營火，通宵歌唱，為空中及地上守夜的同伴打氣，直到第二天早晨。然後，原舞者的懷邵來接續這個活動。

註4　懸吊在空中的三位舞者：
蕭渥廷、詹曜君和徐詩菱三人演出《我家在空中》。她們被工地用大吊車的吊勾懸掛於15樓層高的半空中，進行24小時不落地的「行動、觀念藝術」，當夜席斯颱風來襲，不時風雨交加，地面也常向空中吟詩、喊話，使活動現場的情緒起伏激越，更充滿危機感。

序場：呼喚舞靈

1994年台北藝術運動節目表

區域	A	B	C	D		E.F.G
10/8 17：00			雲門舞集 美國爵士樂團			
18：00	講座/曾道雄		台北民族舞團			
19：00						
19：30		光環舞集				台北畫派 文化大學美術系 藍領工作室 舞事Ⅲ BLT劇團 （24小時）
20：00		多面向舞蹈劇場				
21：00	講座/李敏勇	台北ok合唱團 都市民謠樂團	MIT樂團 美國三人組			
22：00		台北首督芭蕾	歌仔戲　黑貓雲	蕭靜文舞蹈劇場（24小時）	原住民歌謠營火會＋露天講座（汪其楣、童春慶主持）	
22：30	講座/莊永明					
23：00		古名伸·林慧玲	巴拉圭原人樂團			
23：30		蘇安莉				
10/9 00：00		台灣渥克 流浪舞者工作群	新橋鍊摩斯拉 37°2			
01：00		江之翠劇團 古意劇團				
01：30			台北縣教師銅管 五重奏			
02：00		零與聲、噪音樂團				
03：00						
04：00	講座/王墨林	台灣渥克				
05：00	楊其文					
06：00	黎煥雄					
07：00	陳梅毛					
08：00		龍倩獨唱會				
09：00		台北首督芭蕾				
11：00	講座/黃玉珊	古名伸·林慧玲 蘇安莉			原舞者	
12：00		台北越界舞團				
13：00		肢體語言舞團				
14：00						
15：00		流浪舞者工作群				
16：00	講座/陶馥蘭	台北芭蕾舞團				
17：00			晚　安			

台新銀行　E
中山北路二段　A B　G　F　D　建國大權工地
48巷
台北市銀行

註5　《學友》雜誌：
這是1953年創刊的兒童雜誌，跟《東方少年》、《小學生》都是
四〇年代最受兒童歡迎的課外讀物。《學友》雜誌曾經由台灣文
學前輩，也是號稱「台灣安徒生」的王詩琅（1908-1984）擔任
總編輯，而有名的流行歌詞作者陳君玉也擔任過編輯。《學友》
雜誌連載了陳定國畫的《三藏取經》、陳光熙畫的《小八爺》等
長篇，劉興欽、洪晁明、林玉山、陳進、陳海虹等人也陸續加入
繪圖陣容。除了國產漫畫，還有台灣民間故事、人物專訪、世界
名著的連載等單元，都深受書迷喜愛，也是本劇作者及同輩的小
讀者每月翹首盼望的精神糧食。

註6　黃忠良：
旅美舞蹈家，是現代舞大師韓福瑞的學生，與美籍太太蘇珊・瑟
兒絲為舞蹈搭檔。1967年曾短期回台，在蔡瑞月舞蹈社辦研習
營，崔蓉蓉、陳學同、林懷民、雷大鵬、林絲緞都來上過課。在
黃忠良師生公演中，他的許多舞碼及獨特的動作，諸如張曉風所
形容的「赤膊、著中式褲，飛躍如燕」等等，都令觀眾印象深
刻。

註7　金麗娜 Elenora King：
美國舞蹈家，曾多次赴日教學，許多日本現代舞名家都是她的學
生。1967年來台授課，以巴哈無伴奏的樂曲襯底，教授獨創一格
的基本動作，從肢體局部到整體融合的訓練，有韓福瑞的精神，
有瑜珈的風貌及複雜的眼珠方位移動。

註8　阿龐德 Christopher Aponte：
美國芭蕾舞劇場舞者、編舞家，他的舞團成員包括舞者、演員及
藝術模特兒，他的作品結合舞蹈、戲劇、繪畫，甚至烹飪，在藝
術界開拓出新領域。舞團應新象藝術中心之邀，曾在1982、83及
86年，三度來台演出。

註9　模斯‧康寧漢 Merce Cunningham：

美國現代舞大師，曾任瑪莎‧葛蘭姆舞團的主要舞者，1949年創
立自己的舞團，《易經》思想啓發他利用機遇編舞的靈感，他的
動作和作品影響深遠，世界各地大芭蕾舞團都常演出他的舞碼。
他開放的作風深深啓發了後進舞者，無論是他的團員或學生，成
為後現代舞蹈名家的人更是不勝枚舉。1984年應新象藝術中心之
邀，與John Cage首度來台演出，演出前在蔡瑞月舞蹈社舉行記
者會。

註10　約翰‧凱基 John Cage：

二十世紀最具影響力的前衛音樂大師；機遇音樂（Chance Music）
的代表人物。他與模斯‧康寧漢是合作數十年的好夥伴，他們相
信音樂和舞蹈各有各的生命，不需互相依附。他們合作演出時，
都是各自發展自己的作品，直到首演當晚，舞蹈與音樂才在劇場
會合。1984年約翰‧凱基應新象藝術中心之邀來台，與模斯‧康
寧漢舞團聯合演出。

註11　崔蓉蓉：

五歲學舞，在全國舞蹈比賽中屢次得獎。曾經參與台視「群星會」
舞蹈策劃、演出達八年之久，是五〇年代家喻戶曉的舞蹈家。
1966年創辦「崔蓉蓉舞蹈學校」，1970年拿到瑪莎‧葛蘭姆獎學
金而赴美。她在葛蘭姆學校學舞三年後，留校當老師，並加入舞
團，也曾跟黃忠良合作教學。多年來她都沒有中斷表演與教學工
作，2004年7月為女兒「岱珊舞蹈團」的紐約公演擔任編排指導。

註12　陳學同：

文化學院第二屆舞蹈系畢業，是一位傑出的舞者，後亦返母校任
教。1972年辭文化學院教職，到美國茉莉亞學院學習，後來在紐
約創辦「陳學同現代舞團」。1980年受新象藝術中心之邀返台演
出，自己也常回來短期授課，是旅美台灣舞蹈家相當成功的例
子。近期相關活動有2003年8月推出的「茂比利劇坊」，由中央公
園銅管樂團及藝門舞蹈中心學生負責戶外表演。

註13　魏子雲：

1918年生，武昌中華大學中文系肄業，抗日戰爭爆發後從軍，退
役後擔任教職，亦從事文學、戲劇創作及論述。他精研國學、國
劇，出版長、短篇小說、文學評論與國文教學二十餘種，戲曲論
述百餘篇。他長期研究《金瓶梅》所發表的論述，匡正前人謬
說，獨具國際地位。

抗戰勝利前一年，他在福建長汀因投稿結識擔任副刊主編的雷石
榆，兩人時相往來，通信頻繁，成為莫逆之交。1947年他在江蘇
徐州接到雷石榆與蔡瑞月的喜帖和相片，他還寄賀禮到台北。
1949年來台後，兩家更為親近。雷、蔡相繼被捕，魏子雲以空軍
身分，仍願為他倆轉信。後來亦不畏白色恐怖陰影籠罩，不計一
切地支援蔡瑞月的舞蹈事業，在舞目素材的拓展，情節、音樂的
配置等方面都曾提出不少建議，甚至還幫她設計過節目單，也非
常照顧與魏家次子同齡的雷大鵬。

九○年代，魏子雲到中國大陸開學術會議，亦數度前往保定與老
兄弟雷石榆相聚。

註14　〈假如我是一隻海燕〉：

雷石榆為蔡瑞月寫的長詩。1949年2月，蔡瑞月以詩入舞，配上
音樂和朗誦，在台北中山堂發表，甚得舞者及觀眾的喜愛。1997
年黃玉珊導演拍攝蔡瑞月紀錄片，就以「海燕」為片名。

註15　蕭渥廷：

東吳中文系畢業，1976年開始與妹妹蕭靜文一起到「中華舞蹈社」
學舞，可說是蔡瑞月的末代學生，近二十多年來為保存舞蹈史
料、舞蹈社，以及傳承舞蹈社的薪火，奮鬥不懈。1980年與雷大
鵬成婚，他們有兩個男孩Adi與Sasa。現任蔡瑞月文化基金會執
行長。蕭渥廷本身是一位編舞家，擅長女性舞蹈劇場的多元表
現，1983年與靜文成立「蕭靜文舞蹈團」，渥廷是藝術總監，每
年提出充滿社會關懷、政治反抗、及兩性議題的舞作無數。她們
姊妹倆是年輕舞者口中尊敬而親近的「大蕭」、「小蕭」老師。

台灣舞蹈家蔡瑞月的生命傳奇 **舞者阿月**

心之海岸

■ 蔡瑞月作品　1946
現代舞〈印度之歌〉Song of India
攝於楊三郎畫室　1954

（由序場接續而來。

　　蔡瑞月走向舞台左前方的一塊平台，她屈弓的身軀漸漸
伸直伸長，看著觀眾，把銀白假髮輕輕取下，並撥弄梳理一
下自己微捲的秀髮，在下段台詞及動作的過程中身體、姿態
和腰背轉為年輕。漸漸回到四、五十年前，她搭船從東京回
台灣展開舞蹈耕耘的那一刻。蕭渥廷把她的假髮、衣服接在
手中，並協助她轉換成年輕模樣後，才下。）

蔡　瑞　月：是四十年前嗎？在這裡跳舞？

　　　　　　對，多麼奇妙，時間。

　　　　　　一、二、三、四，二、二、三、四，三、二、
　　　　　　三、四，四、二、三、四，來，轉過去再做一
　　　　　　次。（她隨著口令，慢慢做出芭蕾的基本動作，
　　　　　　並且輕輕數著拍子，而此時右側有二位舞者穿著
　　　　　　白色的 tights 隨節拍動作，並且順手搬上一個短
　　　　　　扶把樣的欄杆，她約略注意他們，好像在問，又
　　　　　　好像在回想———）

　　　　　　最早不是在這裡，在農安街，還有武昌街，還有
　　　　　　工專那邊，我和石榆的第一個家。

　　　　　　還有我的家鄉，台南———

　　　　　　（她注視一下扶把練舞步的男女。）

　　　　　　你們竟然都還記得我，我也沒有忘記你們———

（她在舞者旁繞一圈）我也沒有忘記所有我想忘掉、別人也希望我忘掉的事，我的——恨——。也許更不會忘記，我常常擔心自己可能會遺忘的——，我的——愛———。

（兩位舞者離開把杆，繾綣相舞漸下。）

（舞台後方的牆合起，木籠也由籠中的演員自行走出撤下。蔡瑞月重新回到把杆，斜倚著望著杆外；她繫起一塊頭巾，目光投向遠方，帶著微笑，洋溢著更年輕飽滿的張力。）

蔡 瑞 月：回台灣來最早跳舞的地方竟然是在

（音樂進）

這片無邊無際的大海上。

那是二、三月間，天氣已經不那麼冷，而且越往南航行越暖和。我每天早上五點鐘就起床，在甲板上享受著海風，望著海洋練舞。

（後面傳來此起彼落熱烈的說話的聲音，以及練歌合唱的聲音，這是1946年，在返鄉的「大久丸」（註16）上，兩千多位留日大學生、小學生在船上組成了一個負責大夥兒生活和活動的「本部」，部長楊廷謙（註17）來邀請蔡瑞月在晚會中演出。）

楊 部 長：（一面回頭交代事情，一面進來，看到甲板另一端的舞蹈家，高興地過來說）瑞月樣，果然妳在

　　　　這裡，怎麼樣？inspiration來了沒有？想好了在
　　　　晚會中表演的舞蹈？

蔡　瑞　月：想是想了，舞蹈是沒有問題，但是在音樂方面…
　　　　…旅途中，有什麼人可以給我配樂呢？

楊　部　長：音樂，不用擔心，人才多的是。

蔡　瑞　月：真的嗎？就在這條船上？

楊　部　長：就在這條船上。

　　　　妳難道沒有注意到除了笨重的大綑包和大木箱，
　　　　他們手邊自己隨身搬運的小盒子？

蔡　瑞　月：樂器盒子？！真不好意思，我跟在家兄後面，他幫
　　　　我拿很多的行李，我不敢落後，都沒注意到別人
　　　　上船時帶的東西。

　　　　都是學音樂的？從東京音樂學院來的？

楊　部　長：好像不是，學醫的，學經濟的，工科的都有，想
　　　　是有音樂細胞的緣故。

　　　　妳聽～～～～

　　　　（合唱〈咱台灣〉（註18），蔡培火（註19）詞、曲，
　　　　由幕後傳來。）

蔡　瑞　月：（一面聆聽，一面延伸自己的手臂，帶動面部表
　　　　情和軀體———自己也清唱二、三句為自己的動
　　　　作伴奏）

　　　　「台灣台灣咱台灣，海真闊山真昂，大船小船的路

關，遠來人客講汝水，日月潭阿里山，草木不時青跳跳，白翎鷥過水田，水牛腳脊烏秋叫，太平洋上和平村……」

（她忽然停下來，沉思片刻。）

啊！真沒想到可以用這個歌曲來編舞。

部長，你覺得怎麼樣？

楊　部　長：這首歌有三段歌詞，能唱全的人不多，還在練習呢！告訴他們妳要用這合唱曲編舞，他們非加油不可了。

蔡　瑞　月：歌詞後面我也不知道，我八、九歲的時候聽人唱過，後來是聽到「古倫美亞」的唱片，等一下去向他們借來看。

楊　部　長：我也聽過那張唱片，林是好（註20）灌的，不過合唱曲更好聽，等一下你們配合的時候就知道了。

蔡　瑞　月：好的。可惜只有我一個人獨舞，其實最好編成團體的舞蹈。在船上……

楊　部　長：回到台灣，妳可以開辦一個舞蹈學校，到時候就有很多人跳群體的〈咱愛咱台灣〉了。

蔡　瑞　月：開舞蹈學校？你也這麼說；我是正有此意。

楊　部　長：瑞月，妳一定能成功的，妳簡直是天才，編舞這麼神速。

蔡　瑞　月：是合唱給我的靈感，聽到音樂，inspiration就來

　　　　了。（又動作個一、二樂句）三段歌詞，嗯，要
　　　　反覆三次，我也要好好想一想，怎麼來變化……
　　　　部長，一支舞夠了嗎？

楊 部 長：當然不夠，起碼再跳一支舞。
　　　　妳還想要什麼音樂，我要他們一起來伴奏。

蔡 瑞 月：想跳一個和這一片太平洋有關的———
　　　　（她一面動作，哼著〈咱台灣〉，一面將延展回放
　　　　的肢體變為內收又俏皮的東方姿態）和探險有關
　　　　的———
　　　　讓我想一想———（哼出〈印度之歌〉斷續的旋
　　　　律或反覆開頭二、三小節）

楊 部 長：妳開始準備第二支舞了？真驚人。

蔡 瑞 月：還沒有，還沒有，還在想，只是我「想」的時候
　　　　就會「動」起來。

楊 部 長：我希望一直看下去，可惜晚會的事情太多了，先
　　　　去找到趙榮發、吳振坤他們，再回來看妳。妳別
　　　　走開，回頭見。
　　　　（楊部長下，蔡瑞月一人輕哼，～～～而遠處傳來
　　　　小提琴彈奏林姆斯基‧高沙可夫的〈印度之歌〉
　　　　旋律。
　　　　蔡瑞月得到音樂，肌肉充滿了力量，指尖、腳掌
　　　　立刻充滿印度舞的神韻……。

　　　一個清秀英俊的男子拉著小提琴上場，他是林廷
　　翰（註21）。

　　　蔡瑞月聽到音樂接近，動作停在半空中，然後慢
　　慢回頭，看見拉琴的青年，她身體仍輕輕地帶著
　　〈印度之歌〉的節奏，目不轉睛地看著林廷翰，繞
　　了半圈，表情喜悅且興奮，直到曲調停歇。）

蔡 瑞 月：沒想到真有人在拉小提琴，我以為是我自己的想
　　　　　像。

林 廷 翰：〈印度之歌〉，林姆斯基，1887年，歌劇Sedk裡面
　　　　　的選曲。

蔡 瑞 月：林姆斯基‧高沙可夫？

林 廷 翰：Nicolas Andreie Rimsky Korsakov，俄國音樂
　　　　　五人組之一，他們都不是學音樂的，卻對祖國的
　　　　　音樂產生熱情，一生都在作曲，這是他二十三歲
　　　　　時寫的。

蔡 瑞 月：呵，音樂字典？

林 廷 翰：我不是音樂字典，我是林廷翰，請多指教。

蔡 瑞 月：那你是音樂科的高材生。

林 廷 翰：唉！很多人問，我最討厭回答了。但願我是，不
　　　　　過我不是。

蔡 瑞 月：哦，我那樣問是覺得你小提琴拉得很美，曲子裡
　　　　　的很多半音都表現出來了。

林　廷　翰：真的？!妳這麼說，難道妳是學音樂的？

不過，妳也不像。

蔡　瑞　月：（笑了出來）為什麼這麼武斷呢，我也差一點要去學音樂。

林　廷　翰：妳不用學，妳身體裡有音樂，美麗的音樂。

蔡　瑞　月：（略感害羞，但高興且大方的說）感謝你，說的太好，但沒說錯。我是學舞蹈的，Ishii Baku先生，石井漠舞踊學校。

林　廷　翰：我知道，我知道。

我就是奉楊部長之命，到這裡來找妳，為妳效勞。

蔡　瑞　月：就用這個曲子嗎？太好了。（擺一個姿勢）

（林廷翰拉出中間一段悠揚的旋律。）

這是我回到故鄉來編的第一支舞，還有〈咱愛咱台灣〉。啊！太榮幸了。都有現場配樂，我希望我這輩子永遠記得這一刻。

林　廷　翰：我更榮幸。

（他急切地，狂熱地拉了一段加速的變奏，又嘎然而止。）

（鼓掌聲中，趙榮發（註22）與吳振坤（註23）一同上來。）

趙　榮　發 ：也是我們的榮幸。
吳　振　坤

蔡　瑞　月 ：（立刻過去和二人招呼）原來是你們兩位，趙醫
　　　　　　師和神學家吳大哥，我正想找同伴一起來跳團體
　　　　　　舞，你們兩位是來參加的嗎？

趙　榮　發 ：我們來作妳的第一批觀眾就好了。不過，我先來
　　　　　　預約一件事，回到台南之後，願不願意來我們太
　　　　　　平境教會（註24）做一場慈善演出？

蔡　瑞　月 ：（站在扶把前，作出芭蕾基本動作）我只想到一
　　　　　　回去就先開始教舞。

趙　榮　發 ：教舞是很有意義的事業，但是先來做一場演出親
　　　　　　自示範，不是更好？太平境教會有一個舞台，還
　　　　　　有鋼琴，對，有鋼琴，經過那麼多轟炸，希望還
　　　　　　在那裡。

　　　　　　（走到扶把一端，吳振坤則走到另一端。）

蔡　瑞　月 ：你打動我了，我願意先去做一次公演。

吳　振　坤 ：蔡小姐，我也想請妳帶學生到屏東來。我準備回
　　　　　　到屏東教會服務，我們的場地可能比不上府城，
　　　　　　但我保證可以找到一台鋼琴，請妳也來屏東為我
　　　　　　們教友和年輕人表演舞蹈吧。

蔡　瑞　月 ：真的嗎？你們兩位，還沒靠岸我就要籌備演出
　　　　　　了？

吳　振　坤：妳不會覺得屏東太遠而拒絕我吧？

蔡　瑞　月：不會太遠，有人邀請我去跳舞，我怎麼可能拒絕，我怎麼可能嫌遠。

吳　振　坤：這樣就太好了，蔡樣，先謝謝妳！

（談話中，趙榮發和吳振坤提起扶把，蔡瑞月隨把杆的移動而做出芭蕾的動作，三人在舞台上繞一大弧，轉角處兩位男士也以蔡瑞月為中心而帶著扶把轉換位置。）

蔡　瑞　月：台南、屏東、新營糖廠、關子嶺，（笑）屏東不遠，還去了三、四次，戲院、學校、教會、婦女會、勞軍、賑災（註25），一場接一場，南部、北部、中部，我不停地表演。上妝、卸妝，不停地趕火車、下火車，不是不會累，是跳舞使我的身體充滿了力量。

我在火車上睡覺，一睜開眼就有舞台在等著我。

怎麼我們還不靠岸？

我要趕快趕快回鄉，不停地表演，不停地編舞，不停地教舞———。

（突然回頭看）

林樣，你不來嗎？

（快步踩著芭蕾的步子往舞台後方隱入，兩位男士相視一笑，點個頭唱出）

趙榮發
吳振坤：日月潭阿里山，草木不時青跳跳，白鷺鷥過水
田，水牛腳脊鳥秋叫……（並帶著扶把下場。）

（林廷翰獨自在台上，平靜地拿起小提琴，開始拉
出蔡培火的〈咱台灣〉，漸漸轉為輕快的「山川壯
麗，物產豐隆，……」國旗歌。

音樂的進行中，他身後的佈景轉換，後面的牆又
打開，露出舞蹈教室，也布置著一些家居的桌、
椅。

準備進入第二幕，提琴收音，林廷翰把琴放入琴
盒中，關上，鎖上，站起。燈暗。）

註16　大久丸：

據說是最後一艘搭載旅日留學生一起回國的輪船。船上有旅日多年攜家帶眷者，有學業完成或尚未學成的大、中、小學生，共兩千多人。雖然，戰後旅日的台灣人若留下來可以申請日本籍，各地返鄉人仍積極籌措、互相鼓勵、擁擠待船，蔡瑞月與二哥蔡崑山等到1946年2月才終於等到這艘船。蔡瑞月一方面思念家人，另方面也迫不及待地想回台灣獻身於文藝建設，因此忍痛婉拒石井綠老師為她舉辦個人發表會，而搭上這艘由貨船改裝的「大久丸」回台灣。（可參閱《十字架之路——高俊明牧師回憶錄》（望春風）中所述，及劇作者所撰小文〈大久丸上同船君子〉，2004年8月4日聯合報副刊）

註17　楊廷謙（1917-1990）：

出生於竹塹香山。香山公學校、淡水中學畢業後，赴日留學，進中央大學經濟系，並加入中央大學橄欖球隊，職司後衛，並因球藝突出，被推為隊長。畢業後，曾任崎玉縣法院推事，及任職東京都廳，擔任總務課人事主任。

1945年在東京毀於戰火的廢墟上建「烏秋寮」，帶著妻子簡淑循、弟弟楊廷椅、姪兒楊建業和數十位台灣人聚居在此，被稱為「寮父」，另一位熱心人士童搖轍先生被稱為「寮母」。據說包括楊建業莫逆之交李登輝在內的許多留日學生都去過「烏秋寮」。1946年搭「大久丸」回台前他就籌備「歸國委員會」，也擔任這最後一艘返鄉船的部長，提供留日學生各種資訊、物資和服務。返台後，他在物資局服務，後來受朱昭陽之邀籌備延平學院，並擔任大同中學教務主任。也曾返回新竹開設「大江營造廠」。

後來，因參與延平學院籌辦事宜，及「新生台灣建設研究會」的籌組與解散事件，於1949年底被捕，判刑六年，《朱昭陽回憶錄》（前衛）中詳細描述了這位熱心能幹的楊廷謙與這些政治案件的始末。出獄後的他，一方面任職「台灣煉鐵公司」，另一方面繼續推動橄欖球運動和田徑體育，指導新竹、台北地區各級學校學生。是位受人尊敬和親近的領袖人物。

本劇依照十年前蔡瑞月口述歷史中的相關資料編寫，在早年資訊阻隔及彼此避不往來的情形下，生死存亡的消息很可能誤傳。

註18 〈咱台灣〉：
蔡培火是台灣白話字普及運動及業餘的音樂創作者，喜歡作詞作曲，也樂於當眾唱自己做的歌。他的曲子常有啓發民智、鼓舞同胞的用心，例如：1924年因參加「同化會」，被關進監獄並解聘，在獄中寫下〈台灣自治歌〉，1933年他撙節母親祝壽金成立「美台團」，放映影片給民眾觀賞之前，團員必唱蔡培火所作的〈美台團之歌〉，後來觀眾聽熟了，也會一起高歌起來。他最有名、流傳最長久的一首歌是1929年作的〈咱台灣〉。當年發表後，古倫美亞唱片公司曾製作唱片，很受大眾歡迎。（參考《蔡培火的詩曲及彼個時代》，賴淳彥著，1999，吳三連基金會）
【附樂譜、歌詞，見下頁】

註19 蔡培火（1889-1983）：
北港人。台灣總督府國語學校（師範學校）畢業後，曾在公學校（給台灣人唸的小學）任教。1915年留學日本，後來參加文化協會並回台辦講座、寫文章，激發台灣人民族意識，鼓吹新思想，傳播新觀念。1930年代，他鼓勵並協助李彩娥、蔡瑞月兩人到日本修習，兩位女士亦一南一北開拓學習舞蹈、發表舞作的風氣，蔡培火也被視為台灣近代舞蹈發展的幕後推手。
戰後，蔡培火擔任甚多公私要職，如立法委員、政務委員、國策顧問及台灣紅十字會會長等。

註20 林是好（1907-1991）：
台南人。早年曾任公學校音樂教師、樂團小提琴手、幼稚園保母，又先後擔任古倫美亞及太平唱片公司的專屬歌手，發行《月夜愁》、《怪紳士》、《咱台灣》等暢銷唱片。她經常在電台或音樂會上演唱流行歌和西洋藝術歌曲，是當時最有名的女高音，在台灣和日本都相當受歡迎。旅居日本和東北期間，活躍於當地音樂界，1946年回台灣後，仍繼續從事音樂的推廣和教學，是歌舞表演界聞人，退休後與媳婦林香芸一起推動「林香芸舞蹈社」的演出工作。

咱 台 灣

清朗圓滑　　　　　　　　　　　　　　蔡培火　作詩作曲

（前奏）　　　　　　　　　　　　　　　1929.4

（齊唱）

台灣台灣　咱台灣　海真闊－　山真昂　大船小船

美麗島－　是寶庫　金銀大樹　滿山湖　挽茶団仔

蓬萊島－　天真清　西－近－　福建省　九　州－

的路關　遠來人客　講汝粹　日月潭－－－阿里山

唱山歌　雙冬稻－　割眜了　果子魚-生-較多土

東北旁　山內兄弟　尚細漢　燭子火－－－換電燈

草木不時　青跳跳　白鴿鷥－　過水田　水牛背脊

當時明朝　鄭國姓　愛救國－　建帝都　開墾經營

大家心肝　著和平　石頭拾倚　來相拱　東洋瑞士

烏秋叫　太平洋上和平村　海真闊－－－山真昂

大計謀　上天特別相看顧　美麗島－－－是寶庫

穩當成　雲極白　山極明　蓬萊島－－－天真清

註21　林廷翰：

留日醫科生，擅長音樂，小提琴拉得很好。後來赴美專攻麻醉科，擔任麻醉科醫師，多年來與蔡瑞月仍有聯絡。

除了1946年初在「大久丸」上的合作，當年年底，12月25日台灣文藝社在中山堂辦晚會招待戲劇界，邀請蔡瑞月發表舞作，也是由林廷翰拉小提琴為她伴奏。此外，林廷翰還慷慨地將自己從日本帶回來有一尺高的樂譜，都送給蔡瑞月。在那個唱片和樂譜都不易買到的年代，這厚厚的一大疊樂譜，成了她編舞找音樂的一大助力。

註22　趙榮發：

台南人。留日醫科學生，1946年回台後進入台大醫學院，繼續修習四年後畢業。是虔誠的基督徒，人道主義者。任職台北馬偕醫院期間，奉派赴香港研究痲瘋病，1953年起擔任省立樂生療養院醫師及馬偕醫院皮膚科醫師，建立台灣痲瘋診療標準，照顧病人不遺餘力，被稱為「台灣痲瘋終結者」。現年八十歲，仍協助各診所特別皮膚科診療，擔任痲瘋病救濟協會理事長、馬偕醫院皮膚科顧問、台北醫學大學教授等醫藥公益服務。

在註釋劇本期間，汪其楣曾與黃金美去馬偕醫院拜訪趙醫師和夫人趙方淑花女士，聆聽他描述留日生活及「大久丸」航程，歷歷如繪。

註23　吳振坤：

屏東人。從日本歸國時已獲得京都帝國大學宗教哲學科學士，後又往美國耶魯大學攻讀神學，及西德漢堡大學宣教學院研究。曾任屏東圖書館館長、東海大學教授、台南神學院教授、東寧基督長老教會名譽長老。是一位虔誠、慈悲、超越世俗價值觀的基督徒，尤其看重青年的靈修與宣道工作。

高俊明的回憶錄中提到他們搭乘「大久丸」回國的航程中，三十二歲的吳振坤集合年輕的學生，講解聖經的道理，給他很深的啟發和感動。當年高牧師是留日的「小留學生」，回台時才念中

學。

吳夫人洪雪英仍健在，她是位修習牙醫的留學生，也同船回國。

註24　太平境教會：

1865年，英國長老教會宣教師來到台灣，馬雅各醫生在台南創辦的第一所基督教會，就是太平境教會。當時會址在現在的仁愛路，近年新建的禮拜堂在公園路台南測候所對面。

註25　賑災：

1946年12月台南發生七級大地震，災情慘重。蔡瑞月在大哥蔡文篤和雷石榆協助下，次年元月到台北中山堂做四場「台南賑災」募款演出。由長官公署交響樂團伴奏，節目單由顏水龍親繪版畫，兩天四場的演出，除行政、裝置等開支外，捐出二萬元。這也就是「蔡瑞月創作舞蹈第一屆發表會」，節目有〈童謠二題〉、〈村姑〉、〈印度之歌〉、〈牧童〉、〈春誘〉、〈耶穌讚歌〉、〈白鳥〉、〈壁畫〉、〈秋季花〉等創作舞碼。

台灣舞蹈家蔡瑞月的生命傳奇 **舞者阿月**

悵然忘川

■ 蔡瑞月作品 1953
西班牙舞〈卡門〉Varmen
苗豐盛攝 1954

（由舞台中央走出一群四〇年代裝束的觀眾，客氣禮貌地向內鞠躬致意，回頭走了不遠立刻交頭接耳或竊笑搖頭，其中較年長的男子「哼」了一聲，他的家人就又立刻停止了談話，一本正經地由左下場。）

（蔡大哥（註26）也由正面走出，往那群人的方向望了望，蠻不高興地轉頭，望著一面拿著手巾擦汗，身穿舞蹈的短裙，上衣穿著一件寬大的長襯衫的蔡瑞月。蔡瑞月一出場看著她哥哥的表情，也收斂起笑容，一聲不響的往舞台前方的藤椅上一倒。）

蔡　大　哥：這種舞妳到底要跳幾次？

蔡　瑞　月：有人邀請我就要跳下去，一百次，一千次。

蔡　大　哥：什麼一百次，一千次，上次講過的，宮古座的音樂會（註27）表演一次就算了，妳不知道別人講得多難聽。

蔡　瑞　月：許清誥和我跳的都是正統芭蕾，講話的人不了解，我們又不是那一種，那一種不好看、不正經的……他們來看的時候，也很欣賞啊，怎麼還會講什麼話。你不要煩惱啦，那些人只不過愛說幾句小話，不要聽就好！

蔡　大　哥：如果只是說幾句小話，彰化銀行（註28）也不會又把場地收回去。妳一定要了解，我們這裡不像台

　　　　　　　北，還是很保守。

蔡　瑞　月：也還好啦！這麼多人來學舞，很多很嚴肅的，很
　　　　　　多很古板的家庭，都肯讓女孩子來練習跳舞。這
　　　　　　裡連打通了之後都擠不下。

　　　　　　他們看到女孩子表現出優美又高雅的風度，就不
　　　　　　會那麼頑固。

蔡　大　哥：可是還是有家長說，舞蹈的裙子，太短了。

蔡　瑞　月：一點都不短，穿長裙子怎麼跳。

蔡　大　哥：妳怎麼什麼都不聽我勸，爸爸寵愛妳，我這大哥
　　　　　　也太寵愛妳。

蔡　瑞　月：別人不了解不要緊，我希望大哥你，還有二哥崑
　　　　　　山，你們一定要了解我，別的任何一種藝術都做
　　　　　　不到，只有舞蹈，是以肉體的韻律來表現著生命
　　　　　　的意識。

　　　　　　只有舞蹈，才能洋溢出這種力量。

蔡　大　哥：（一直搖頭，輕嘆）唉，肉體。

蔡　瑞　月：肉體是純真的，神聖的。

　　　　　　有邪念的人們是受了邪念之害，不是因為舞蹈。

　　　　　　（說到最後一句，聲音漸漸輕了下去，因為看到大
　　　　　　哥有點生氣的走出去。

　　　　　　她只好重新趴在椅上，把臉埋在椅背後。大哥走
　　　　　　了一半又折回）

蔡　大　哥：這麼固執的女孩，要有嫁不出去的打算。

蔡　瑞　月：（抬頭，頑皮地對大哥做出可憐兮兮的表情）唉唷，
　　　　　　你不要這樣講。

蔡　大　哥：我是講真的，不是說笑。
　　　　　　（無奈地搖搖頭，離去）

蔡　瑞　月：（微笑著重回到剛才趴在椅上的姿勢，慢慢的支起
　　　　　　身來，仍甜甜地痴笑著）兄哥，你有所不知──
　　　　　　（燈光轉換，四周雖暗卻泛著柔和的側光，椅上的
　　　　　　她早已把長襯衫扣好，成為一件洋裝，她順手把
　　　　　　小几上的頭飾拿來戴在頭上，顯得嬌美而大方，
　　　　　　她端坐著像在等待，也像在回憶。）
　　　　　　（雷石榆（註29）由舞台右下角的小台階走上，穿
　　　　　　著一件淺色的襯衫，打著領帶，英挺而瀟灑，他
　　　　　　遠遠望著蔡瑞月，又轉身自語）

雷　石　榆：可以見她一面嗎？
　　　　　　她跳起舞來真像個仙女。我問的太魯莽了？她卻
　　　　　　答應了。
　　　　　　帶什麼禮物給她？我是個身無長物的人，而她，
　　　　　　這麼脫俗的一位女性，又是位舞蹈家，除了花，
　　　　　　還有什麼配得上她？
　　　　　　街上很容易買到清香的白蝴蝶花，還是特地去找
　　　　　　一束帶著露珠的玫瑰？

　　　　　不好不好，我也不是二十歲的少年，把花捧到她
　　　　　面前，在這個小喫茶店裡？她會笑出來吧，怎麼
　　　　　辦才好？

蔡　瑞　月：第一次見面，是在表演之後。燈光很暗，只見他
　　　　　穿著一套米白西裝，很客氣的把名片從口袋裡拿
　　　　　出來，嗯，很好聽的東京腔日本話。

雷　石　榆：在台上的她忽大忽小，忽深沉忽輕俏，她拿著洋
　　　　　傘起舞就像個十來歲的小姑娘。而坐在桌子對面
　　　　　的她，是一位二十五、六歲端莊又嫻靜的女子，
　　　　　淡細的眉毛，有一雙聰明，且善於凝視的眼睛
　　　　　（他走向蔡瑞月）。我真喜歡她看著我，我也有點
　　　　　不自在，只好一直詢問她有關舞蹈的事情。

蔡　瑞　月：（也輕輕站起，走向雷石榆，兩步後停住，把手捧
　　　　　在胸前）晚上在麗都見面，就送我一本詩集。他
　　　　　自己寫的。我不知道說什麼好，順手翻了一下，
　　　　　竟然也有日本語寫的詩。我心裡一動，問他，
　　　　　（朝前又走一步，與雷石榆四目相投之後，卻轉身
　　　　　側背著他）

　　　　　石井漠（註30）生生你認識嗎？

　　　　　我在他門下，還有石井綠（註31）老師的舞團，學
　　　　　的就是「舞踊詩」，不是炫耀技巧，也不只配合音
　　　　　樂的旋律節奏，而是創造詩情和畫境的舞蹈。

雷 石 榆：這麼輕柔的聲音，發自這麼豐富的身體。我在心
　　　　裡讚嘆她藝術上的專門和鍛鍊，我也不由自主
　　　　的，（他也背過身去，他的右肩和她的左肩輕觸）
　　　　不由自主的，被她吸引，被她煥發著東方與西方
　　　　美感的身體，和眼神，和靈魂吸引。

蔡 瑞 月：在火車上，我拿出他的詩集仔細的讀，中國字，
　　　　有的字不懂，但是詩的意思我了解。
　　　　一首一首的讀下去，彷彿我慢慢的看見了他這個
　　　　人。（做出望著「車窗」外，充滿想像的表情）
　　　　不知道他會不會，也為我寫一首詩。

雷 石 榆：我會。

蔡 瑞 月：你會為我寫詩，雷石榆。

雷 石 榆：我會。我還會為妳畫畫，把妳跳的舞都畫下來。

蔡 瑞 月：我也喜歡畫，可是有時候我好難過，我自己沒法
　　　　子把自己跳舞的樣子畫下來。

雷 石 榆：我會為妳畫下來，只要妳，只要妳永遠讓我在妳
　　　　身邊。
　　　　（兩人手牽手往舞台上方走，站定後，雷石榆把手
　　　　錶脫下來，握起蔡瑞月的手，對她說）
　　　　蔡瑞月，在動亂的時代裡，能到台灣來，是我的
　　　　幸運，能與妳相遇，使我更加感激，告訴我，瑞
　　　　月，妳願意跟我廝守嗎？──終身。

蔡　瑞　月：不怕跟一個瘋狂的舞蹈家在一起？

雷　石　榆：不怕，而且高興，而且願意。

　　　　　　能和跳舞的瘋子在一起，在一起結婚，是我這輩
　　　　　　子用傻勁寫詩修來的。

　　　　　　這隻手錶，是我從東京帶著回大陸，又從西北到
　　　　　　南方，一路辛苦的老伙伴。它每時每刻的伴著
　　　　　　我，我也成天看著它，我要妳收著，好知道我分
　　　　　　分秒秒都想著妳。

　　　　　　（她收下手錶，含情脈脈地後退，然後快樂的飛
　　　　　　躍、旋轉，再到舞台右下方細訴心情）

蔡　瑞　月：我們相識才幾個月，在南下舞展之前，他送我回
　　　　　　二哥家，在家門口，他跟我依依不捨，他向我求
　　　　　　婚。啊！我才知道為什麼我也一樣那麼──那麼
　　　　　　奇怪，我會在人堆裡發呆。為什麼首演那麼成功
　　　　　　我還會心裡緊張，心裡慌張。原來我已經在跟他
　　　　　　談戀愛。

　　　　　　他愛我的舞蹈，什麼事都替我想，他開朗、熱
　　　　　　情，到處找人幫我的忙，還在報紙上寫文章，還
　　　　　　順利接洽長官公署的交響樂團，破天荒為我現場
　　　　　　伴奏。

　　　　　　編舞我不怕，上陣就會，可是找音樂真難，真
　　　　　　難，石榆一出現───我的舞蹈好像有了很大的

支柱。

我心裡也想跟他結婚。我們在一起太快樂了，我真不敢相信。他對我那麼好，連大哥他們都知道。可是家裡的人很像不太贊成。

（大哥再度出現）

蔡　大　哥：不是外省的問題。

蔡　瑞　月：那是什麼問題？

蔡　大　哥：怕他沒有個家，兩手空空，你們一樣，太浪漫，太善良，不懂現實利害，真是「速配」，你們兩個的頭腦簡直是一樣的，

（蔡瑞月反而過去抱住哥哥，大哥嘆口氣）

不要那麼高興，我擔心你們將來生活會苦。

蔡　瑞　月：他可以去教書、寫文章，我開舞蹈社，會賺錢。

蔡　大　哥：會賺才怪。（停了半晌，又加重語氣）崑山也不贊成你們兩個。

蔡　瑞　月：哥哥看誰都不順眼，這個不准，那個也不准，那你們要我去做尼姑呀？

蔡　大　哥：哇呀，給妳意見，跟妳討論一下就這麼「恰」，什麼去做尼姑都說出來了，穿短裙子跳雙人舞的尼姑不知道是什麼樣子。

蔡　瑞　月：阿哥，你也要編舞了是不是？你講話這麼壞。

蔡　大　哥：我那裡有壞？

蔡 瑞 月：你笑我跳舞就有壞。

蔡 大 哥：唉，（嘆口氣，轉過來看見她在舞姿中陶醉的模樣）跳舞妳有能力，也有天才，從小妳就在家裡的院子裡、在扶梯上跳舞，到了中秋節，妳在運河邊一連三天都在月光下跳舞給親友看，我們都被妳打動了。都讓妳去跳舞，爸爸捨不得妳也給妳去日本，回來妳就在我的家裡開班，我們都被妳打動了，（搖搖頭，無奈地拿起紙筆）

雷石榆，妳這麼想嫁這個人———（做出寫信的動作）

「父親大人在上，崑山弟與我對小妹屢屢相勸，妹仍固執己見，充耳不聞。」

蔡 瑞 月：沒有充耳不聞，但是石榆他真的很好，對小妹無微不至。

蔡 大 哥：「但因雷石榆君為人正派，對小妹事事無微不至。」

蔡 瑞 月：我倆形影不離，情投意合。

蔡 大 哥：「他倆已慎重考慮，」

蔡 瑞 月：真的，打雷也不分開，你一定要答應我。

蔡 大 哥：「希望在父親大人的同意下，（瞪妹妹一眼）結為連理。」

（蔡大哥走向雷石榆，握手，但回頭看蔡瑞月）

蔡　大　哥：我們還是被妳打動了。

　　　　　　（雷石榆深深鞠躬。）

雷　石　榆：謝謝你，大哥。

　　　　　　（蔡大哥、雷石榆二人身上光區轉暗；蔡瑞月自己
　　　　　　給自己戴上花串，往舞台前方走，一面說）

蔡　瑞　月：爸爸終於答應了。一九四七年五月二十日，我們
　　　　　　結婚了。我們住在幸町九條通裡面，台大宿舍，
　　　　　　我在台北的第一所舞蹈社，是日本式房子，很幽
　　　　　　雅安靜。他好多朋友都常常在我們家聚會，有時
　　　　　　還住下來，黃榮燦（註32）從蘭嶼寫生回來都住我
　　　　　　們家，以前石榆騎腳踏車載我去黃榮燦家約會，
　　　　　　玩累了，趴在他的書桌上睡午覺。

　　　　　　（雷石瑜過來親她臉頰。）

雷　石　瑜：阿月，醒來了，妳的臉睡得好紅。

蔡　瑞　月：現在輪到黃榮燦他們來我們的家。還有，覃子豪
　　　　　　（註33）也住了一年；石榆待人熱情，魏子雲、楊
　　　　　　三郎（註34）、藍蔭鼎（註35）、呂訴上（註36）、白
　　　　　　克（註37）、田漢（註38）、龍芳（註39）、呂赫若
　　　　　　（註40）都來家裡玩。

　　　　　　沒有，不是抽煙喝酒，從來沒有看過麻將，只在
　　　　　　一起談詩、談文學的新方向，畫畫、雕刻、作
　　　　　　曲。以及舞蹈如何推展，這些問題。

（朋友們裝扮得宜地陸續出現在後面客廳，三五成群，動作輕巧，時而形成沙龍聚談的不同畫面。）

（音樂。）

雷　石　榆：怎麼給阿月佈置一個家，不能太簡單。

蔡　瑞　月：簡單就好。一張圓桌，四五把椅子，你還有張寫字桌，我們還有廚房。

雷　石　榆：比起甘地的幾本枕頭書和一張蓆子，當然是富有了。可是我覺得很對不住妳，這家裡什麼設備也沒有。

蔡　瑞　月：這樣已經很好了。牆上的水彩畫都是什麼時候畫的？

雷　石　榆：妳回台南的那些天，接到妳的信，我就畫出夢裡的情境。還過得去嗎？

蔡　瑞　月：很有意思，沒有別的東西裝飾，你就用畫來代替多好哩。

雷　石　榆：我擔心四壁空空的太單調，怎麼好請朋友到家裡來玩。

蔡　瑞　月：但是朋友都喜歡來。

雷　石　榆：他們難道都像我們一樣，看不見彼此身上的貧困，只在乎心靈上的交感？

蔡　瑞　月：一開始他擔心，但因為我滿意，石榆就好快樂，他說至少給了我一個舞蹈——的——「家」。

　　我隨時都可以站在落地窗前練舞，外面是種了芭
蕉樹的大院子，再過去更有一大片田野，好涼
快，好美麗。（台詞間輕柔地做出舞蹈動作。）
有時候石榆跟朋友在裡面談話談到一半，會突然
跑出來對我說：

雷石榆：（從舞台後面，清亮地對前方說。後區燈漸暗）
　　　　阿月，不要停，再做一次，我要把妳跳舞的神韻
　　　　畫下來。

蔡瑞月：石榆，那裡？這裡嗎？還是這裡？

雷石榆：都好，都好。

蔡瑞月：好，我再跳一次。從頭到尾嗎？
　　　　要不要放唱片？

雷石榆：那更好，放唱片。我來。

蔡瑞月：我來好了。（兩人輕快跑在一起。）

雷石榆：我抱妳過去。

蔡瑞月：好，我跳過來，你接好。（她擺好準備躍起的姿
　　　　勢。）

雷石榆：（有點擔心，但也伸出雙臂擺出準備接她的姿勢）
　　　　來，一、二、……三。

蔡瑞月：（嬌笑）怕你接不住，那我背你好了。（一步跳進
　　　　他懷中，把背靠著他胸前，從肩上拉住他雙臂，
　　　　好像要背他。）

雷　石　榆：不行，我不能再讓妳背我了。

蔡　瑞　月：可以，我背得動，我背過。記不記得，以前下雨
的時候，巷口淹水，我背過你。

雷　石　榆：記得。好捨不得，一下雨我就想起來。後來我就
比妳跑得快，現在更捨不得，背得動也捨不得。
（雙手環住她，側親她臉頰，再抱住她的腹部）現
在要更寶貝了。（兩人相依片刻，沉醉在此良辰
美景中。）

蔡　瑞　月：為什麼我會遇到你？

雷　石　榆：因為這樣的年華不想虛度。

蔡　瑞　月：（感動地轉臉）那來台灣呢？為什麼你會來？

雷　石　榆：妳說呢，就因為在東京沒遇到妳，所以我非來台
灣不可。

蔡　瑞　月：唉，真的，你剛離開，我就到，如果我們早認識
的話───

雷　石　榆：如果我們早認識的話，妳可能不會嫁給我，政治
情勢會使我們分開───
而且，那時候妳太年輕了，才十五、六歲的小姑
娘。還是現在在台灣相遇的好，苦難的經歷都過
去了，又勝利了，飄流了這麼多年，現在是我們
最好的時候；阿月，阿月，妳自由的心靈，也讓
我自由，還讓我奔放、自在。

蔡　瑞　月：我們永遠不要分開。

雷　石　榆：一分一秒都不。只有妳在台上表演的時候，我不
　　　　　　能這樣抱著妳，依著妳。

蔡　瑞　月：最好你也能在台上跟我一起跳。

雷　石　榆：別說傻話了，我還是別跳的好，報上會評論說，
　　　　　　詩人跳舞，把石井漠的舞蹈詩跳成戰鬥舞了。
　　　　　　（故意學蔡瑞月招牌動作，但很直線、機械。）

蔡　瑞　月：（咯咯地笑）其實這個動作不錯，我想我可以用
　　　　　　進去。

雷　石　榆：不過我們的孩子可就會跳舞了，（攬著她的肚
　　　　　　子，親暱的說）叫他長大了陪妳跳吧！

蔡　瑞　月：你認為我會生個女孩嗎？

雷　石　榆：來，我看看，現在太小，看不出來。希望是個女
　　　　　　孩。不，希望是男孩，現在學跳舞的男孩子太少
　　　　　　了。妳說是不是？

蔡　瑞　月：是，連我都跳過男的。
　　　　　　（也摸著自己的肚子）石榆，林明德（註41）還是
　　　　　　要辦舞展，現在還在找場地，又會延後。
　　　　　　我怎麼跳啊。

雷　石　榆：他還是請妳合作「幻夢」之舞嗎？那大概「還好」
　　　　　　吧。

蔡　瑞　月：什麼「還好」？

■ 詩人家庭雷石榆與蔡瑞月

雷 石 榆：就是不會有「大腿橫飛」、「躍馬中原」、「汗水
　　　　　飛灑」（註42）那種動作。

蔡 瑞 月：真的沒關係，你不在意？

雷 石 榆：觀眾不要在意大腹便便的媽媽還在「幻夢」就好
　　　　　了。

蔡 瑞 月：那，一件特別的舞衣一定要設計出來。

　　　　　（說著，她往舞台左前方輕柔而慎重地，以腳尖帶
　　　　　著身軀向前走去，像一個帶著胎兒的孕婦，漫漫
　　　　　旋舞於天地間。

　　　　　雷石榆微笑地看著她，一面往斜上方倒退，又隱
　　　　　入後間的客廳，舒曼的樂曲，輕柔流入。）

　　　　　最奇妙的一次舞展！

　　　　　也在中山堂，林明德發表了五、六支作品，他獨
　　　　　舞了《紅牡丹》和《王昭君》，他自己反串女性角
　　　　　色，情緒變化很細膩、豐富，真是維妙維肖。

　　　　　別人看不出來他是男扮女裝，看出來的就說他是
　　　　　「台灣梅蘭芳」。

　　　　　我穿一件最輕軟、最寬鬆，很有造型的長衫，林
　　　　　明德的太太也過來幫我一起設計這件孕婦舞衣。

　　　　　舞展延了再延，真的到了上台那天，我已經八個
　　　　　月了，竟然也沒有人看出來。就像石榆說的，我
　　　　　們的孩子會跳舞！大鵬（註43），還沒有出生就跟

我同台共舞，他晚上睡覺的時候都踢來踢去，但
是，那天，他很乖，他在聽音樂！

石榆三十七歲得子，他無法掩蓋自己的激動和喜
悅，七手八腳的忙著作爸爸。大鵬滿月，他還寫
了一首新詩，登在中華日報的海風副刊。

雷 石 榆：（又在舞台邊出現）

「他來到毫不認識的世界，

驚奇著光　色彩和音響。

好像一切是屬於自己的，

單純　調和而又無限。

（逐漸往前走，手中推著一個嬰兒的搖籃車，看著
車中的嬰兒。）

他笑，是滿足的瞬間的開花，

讓大人忘我地欣賞。」

（抬頭，洋溢著幸福）

蔡 瑞 月：石榆正式向台大申請，把宿舍裝修之後做舞蹈
社，一開課，這裡就滿滿的，我很快給他們編
舞。（對雷石榆）

可是，石榆──「房子」的事，不要給我們惹麻煩
才好。

雷 石 榆：不會有什麼麻煩，誰怕他。

小生命來到我們家中，還沒等他爬，我們把榻榻

　　　　　　　米全改成了舞蹈地板。

　　　　　　　阿月，怎麼樣？看樣子妳還會添兩個學生。

蔡　瑞　月：石榆，大概不能了，前面這兩間打通了，也放不

　　　　　　　下那麼多人一起「橫飛」。

　　　　　　　（雷石榆把一封已拆開的信遞給她。）

雷　石　榆：先看看這封介紹信再說。

蔡　瑞　月：（一面看，一面說）馬思聰（註44）？

雷　石　榆：我好朋友。前年在交響樂團又碰到了。他回廣東

　　　　　　　做音樂系主任。

蔡　瑞　月：（繼續看信）……這兩位青年有志舞蹈，想從香港

　　　　　　　來跟妳學習，而且特地向學校請了半年的長假…

　　　　　　　…

雷　石　榆：（指著信說）女的叫駱璋，男的叫游惠海（註45），

　　　　　　　大老遠來，都是中學教師。

蔡　瑞　月：他們很有誠意，那麼，請你幫我寫信讓他們來

　　　　　　　吧。也許，另外上課？

雷　石　榆：他們來了之後，我可以幫妳翻譯。

蔡　瑞　月：我自己可以講。我現在自己很會講。

雷　石　榆：我知道。

　　　　　　　《水社懷古》（註46）人手夠不夠？妳跟吳居徹（註

　　　　　　　47）講好了這次一定編出來。

蔡　瑞　月：人手夠，腳也夠。你放心，我可以編得像很多人

在跳。

雷 石 榆：我知道，不必真的像在日月潭，那麼多人。嗯，
好想再帶妳去一次。

「莫非日月化成水，一滴成潭此山中？」

妳喜不喜歡這一首？

蔡 瑞 月：我已經用了你寫的〈假如我是一隻海燕〉，（開始
活潑、快速地動作）而且已經編好了。

永遠也不會害怕————，也不會憂愁———

（她轉身坐下，興致昂然地繼續舞展的話題）

前面先跳比較輕快的舞，〈鐘錶店〉、〈與犬同
遊〉，音樂都合過了。

雷 石 榆：幾首台灣民謠也配好了，〈搖籃歌〉和〈田園小
景〉，都沒問題了，好聽，感染力很強——又可
喜。

那〈春之旋律〉要用蕭邦，〈匈牙利少女〉要用
布拉姆斯，唱片都給妳挑出來了，效果很好。

蔡 瑞 月：我喜歡〈飄零的落花〉跟〈拉縴行〉，聽到音樂，
想像的畫面更多。

雷 石 榆：（唱起〈飄零的落花〉）「莫懷薄倖惹傷心，落花
無主任飄零——」

蔡 瑞 月：（也跟著唱）「可憐鴻魚望斷無蹤影，向誰去嗚咽
訴不平。」

雷　石　榆：我們唱得不對——

蔡　瑞　月：跟歌詞不合——

雷　石　榆：太快樂了，把悲傷的歌也唱錯了。

蔡　瑞　月：（嬌笑）編舞的時候不會弄錯。

雷　石　榆：還有《水社懷古》——

蔡　瑞　月：你就怕我漏掉《水社懷古》。

雷　石　榆：不是，我知道妳看重這個大型的舞劇。

蔡　瑞　月：不是。我看重〈假如我是一隻海燕〉，我要放在最
　　　　　　後一個節目。

雷　石　榆：那好。（親親她舉在半空的手，讚嘆、歌頌這個
　　　　　　生活）阿月，謝謝妳給我這樣美的人生。

蔡　瑞　月：你講這樣我不好意思。那——〈新建設〉放在第二
　　　　　　部分開頭，你說怎麼樣？
　　　　　　音樂其實是高難度的，我希望找到一位了解這種
　　　　　　氣勢的音樂家，可以幫我把節奏複雜一點的作出
　　　　　　來。
　　　　　　剩下就是《水社懷古》，有八段——

雷　石　榆：（張望～～）吳居徹家的燈也亮著，還在寫曲子
　　　　　　——，江文也（註48）、陳清銀（註49）那兩段用進
　　　　　　去也不夠。也許我該過去給他帶點吃的，怎麼樣？

蔡　瑞　月：好。（周遭的燈光漸暗，雷石榆開始往外走。）
　　　　　　石榆，希望這次發表會成功，我們就可以湊足旅

費到香港去。

雷 石 榆：妳的舞，一定成功。

蔡 瑞 月：這次節省一點，少送一點票。

雷 石 榆：票不能少送。也許多演一兩場好了。

蔡 瑞 月：好。不過還是希望有足夠的錢陪你回印尼去一趟
——

雷 石 榆：錢，妳不用發愁。

蔡 瑞 月：我不發愁。

（雷石榆回頭微笑，慢慢走出，蔡瑞月仍坐在地板
上，輕輕地舞動雙臂和上身，也輕輕地說）

假如我是一隻海燕，我愛在暴風雨中翱翔，剪破
一個又一個巨浪。

（雷石榆的聲音從幕外傳來。）

雷 石 榆：一定成功，妳的舞一定成功。

（蔡瑞月的手臂在半空中，然後她緩慢的收縮、下
降，神情由憧憬轉為回憶，再轉為黯淡。）

蔡 瑞 月：石榆，石榆，

（她雙腿斜併，雙手也放在一邊膝蓋上，低斂眼
神）

台北的演出成功，我們演了六場。其他的地方也
在邀請。而我們準備帶著大鵬，先到香港，再到
印尼去一陣子。

哥哥、嫂嫂和朋友們在家裡弄了很多的菜,給我
們餞行。

大家都在等他回來吃晚飯。

(她撫著自己的胸口)

石榆,從外面興沖沖的買了船票回來,把隨身的
皮包交給我,他說他馬上就回來,就被一部吉普
車帶走了(註50)。

(傳來雷石榆的聲音:「阿月,台大校長要我去一
趟,就回來。船票和出境證都在這裡,妳先收起
來。」)

(蔡瑞月突然站起來,往舞台四面奔跑、尋找)

(雷石榆的聲音再次傳出,但更遙遠、更微弱,
「阿月,台大校長要我去一趟,就回來。船票和出
境證都在這裡,妳先收起來。」)

(〈春花望露〉音樂充滿了舞台,蔡瑞月四處奔走
的動作,漸漸疲倦、衰弱,接近木偶動作。)

(最後在舞台左邊翼幕邊,雷石榆出現了。蔡瑞月
走向他,雷石榆往前幾步,然後倒在一把椅子後
面,蔡瑞月也快步跪在椅子前,憐愛著看著雷石
榆從地上爬起,然後從椅背後向她伸出手,兩人
就隔著椅背木欄條握著手,對望。音樂停。)

雷 石 榆：苦了妳了。

蔡 瑞 月：東西收到嗎？還有信？

雷 石 榆：信有三次，兩個月前一封和這禮拜兩封。

蔡 瑞 月：收不收到沒關係，准我送，就表示你還活著。

雷 石 榆：鵬兒好嗎？會叫人了？

蔡 瑞 月：會叫……也會自己拿湯匙吃東西。

雷 石 榆：沒有灑出來?!（嘆息）

　　　　　阿月，我想到你們就覺得只能活，不能死。

蔡 瑞 月：不要激動，我設法把你保釋出來，我去交涉看
　　　　　看。

雷 石 榆：（苦笑）大概不必花這種冤枉錢吧。（小聲說）
　　　　　大概會判驅逐出境的。

蔡 瑞 月：驅逐出境？那我去準備行李，帶大鵬到基隆跟你
　　　　　一起搭船，你知道是哪一天？什麼船名嗎？

雷 石 榆：阿月，他們不會講。

　　　　　（設法安慰她）我盡力打聽。

　　　　　阿月，如果不能一起離開———

蔡 瑞 月：你要保重。

雷 石 榆：妳要勇敢。

蔡 瑞 月：只要身體健康，我們一定會再見面的。

雷 石 榆：妳要當心。

　　　　　阿月，對不起，我一時不能照顧妳了。

蔡　瑞　月：美好的時光不會那麼快結束！從小我每一次看舞
　　　　　　蹈，一開演我就這樣告訴自己。

雷　石　榆：是。不會的。妳安心地活著，平安地活著。我在
　　　　　　香港等你們。

蔡　瑞　月：我們一定去跟你見面。

雷　石　榆：阿月，阿月，我的瑞月。

　　　　　　（隔著椅子，他牽著她的手站起，他把上衣理好，
　　　　　　凌亂的頭髮撫平，努力對她做出安慰的微笑，和
　　　　　　一貫瀟灑的風度。）

　　　　　　我的愛，我不想這樣與妳道別，更不想這樣看妳
　　　　　　離去。

　　　　　　（他握著椅背上邊，凝望著她）

　　　　　　（她慢慢往後退，手也慢慢揚起，柔柔揮動。越往
　　　　　　後退，她承受的悲傷壓彎了她的腰。蔡瑞月到右
　　　　　　下角時，椅背後的雷石榆燈區全暗，蔡瑞月站在
　　　　　　那裡，對茫茫的黑暗搖手。

　　　　　　然後她回頭對著嬰兒車，慢慢低下身子，用手臂
　　　　　　半環著，側頭輕輕說）

蔡　瑞　月：大鵬，記得爸爸的樣子？記得嗎？

　　　　　　（音樂，〈春花望露〉：

　　　　　　今夜風微微，窗外月當圓，雙人相約欲相見，思
　　　　　　君在床邊。

未見君親像野鳥啼，哎唷！引阮心傷悲，害阮等歸暝。

今夜月光光，照在西窗門，空思夢想歸暝恨，未得倒落床。

未見君親像割心腸，哎唷！引阮心頭酸，面肉帶青黃。

深夜白茫茫，霜雪落在窗，思思念念君一人，孤單守空房。

未見君怨嘆目眶紅，哎唷！引阮病即重，情意害死人。）

（燈漸暗）

（上半場完）

註26　蔡大哥：

劇中的蔡大哥，其實是蔡瑞月兩位兄長的綜合體：長她五歲的大哥蔡文篤和長她三歲的二哥蔡崑山。自幼及長，他們始終很愛護、很扶助這個舞蹈家妹妹，生母過世後，手足三人相倚更親。趙榮發就讚嘆說：「這種兄哥真是沒話講。」

蔡崑山小學畢業就在家幫父親經營旅館，他喜歡研究科學，讀過大量的少年科學期刊，也常製作像收音機之類的東西，藏在妹妹屋內播放給她聽。後來蔡二哥前往日本繼續升學，專攻土木工程，蔡瑞月到日本留學時，蔡二哥一肩承擔照顧的責任。生活的安排外，還會為她尋覓新穎的舞具，如買西班牙響板給瑞月，遂成為她修習佛朗明哥之發端。1946年帶著她同搭「大久丸」回國。蔡瑞月到台北以後，曾經三度在蔡二哥農安街住處開舞蹈班，二哥二嫂總是適時伸出援手，舞蹈社才如此順利成長。

1946年，剛回國的蔡瑞月在台南開拓她的舞蹈事業之初，蔡文篤出面為她頂下台南進學街警察宿舍當舞蹈教室，又商借彰化銀行閒置空間當排練場，並為她處理一切演出事宜，可說是蔡瑞月早期演出的經理人。大哥大嫂兩個稚齡的女兒，蔡朝琴、蔡光代，也成為舞蹈教室最小的學生，蔡瑞月特地為她們編了〈兩隻小貓〉的兒童舞碼；光代學舞有成，後來獨當一面也開了自己的舞蹈社。雷石榆被迫離開台灣後，大哥為了讓蔡瑞月專心教學與演出，親自到台北帶大鵬回台南照顧，接著蔡瑞月又有三年牢獄之災，蔡大哥繼續照拂大鵬，直到蔡瑞月出獄，生活和事業安定下來才送大鵬回台北。

這兩位兄哥本身都享有幸福美滿的家庭，子女皆溫厚誠篤，而且很有成就。

註27　宮古座的音樂會：

宮古座於1925年落成，是當時府城最好的戲院。樓高三層，燈光、音響設備齊全，主舞台上有升降台和延伸入觀眾席的「花道」，以演出能劇、歌舞劇和電影為主。這座日本宮殿式的建築已經拆除，現為西門路的百貨商場。1946年許石、周南淵、陳文茂等人在此舉辦音樂會，蔡瑞月曾客席演出多次，也曾與留日芭蕾舞者許清誥合作演出《月光》雙人舞。

註28　彰化銀行：

蔡瑞月在台南的第一所舞蹈社是在她父親經營的旅社「群英會館」的交誼廳，改裝後鑲上落地長鏡。那是1946年5月，收了十八位學生。三個月後搬到進學街上大哥大嫂頂下來的房子，二十幾個學生，有大跳躍動作就到戶外空地上課。這之後，蔡大哥認識台南彰化銀行經理，得以使用這獨棟三層樓歐式建築的三樓，作上課及排練空間。此時，學生已增加到五十幾位。蔡老師回憶說：「頂樓挑高很高，四面都是長窗，充裕的陽光灑在木板地板上，一天之中流動著好多自然的光影。午後，窗外一大片翠綠樹林，其中錯落著紅瓦屋頂……」可惜，跳男女雙人舞受到保守人士的批評，銀行也覺有礙形象，就要她遷離這個「很理想、很美的教室」。

註29　雷石榆（1911-1996）：

出生於廣東省台山縣馬山村，父親在他出生前即前往雅加達當木工，從小隨祖母及母親在家鄉上私塾、讀古書。成長後，受經營家具店的父親資助，出外求學，先後就讀於打下他詩畫基礎的瑞應書院，和接觸了新文化的台山中學。1933到1936年間，他留學日本，就讀東京中央大學經濟系，翻譯不少中國詩人作品，也出版受人矚目的詩集《沙漠之歌》，並與《台灣文藝》的成員相往來，在這本雜誌上發表中、日文的創作和文藝理論。對日抗戰期間是他創作的高峰，發表文論和詩作無數，編成《八年詩選集》，1946年4月來台後，在高雄出版。

雷石榆來到台灣，初期擔任《國聲報》主筆，繼而北上擔任長官公署交響樂團編審。1946年11月結識舞蹈發表會中的蔡瑞月，兩人一見鍾情。他為她寫詩、畫畫、寫舞評，及安排音樂、場地等事宜。1947年1月雷石榆受聘於台大，教授中國文學，5月20日與蔡瑞月結婚，次年3月獨子雷大鵬出生。但1949年6月1日，一家三口正準備前往香港教舞的前夜，雷石榆被捕，坐了三個月的黑牢，被判驅逐出境。他滯留香港三年，在南方學院、中業學院任教，他在這段期間，換了大約十個筆名，在幾個報章發表詩文及評論。1952年他進入大陸，到天津的河北大學任教，擔任過中國現代文學及世界文學教研室主任。1963年雷石榆再婚，1990年蔡

瑞月帶著兒、媳、孫前往保定與他相會,這是他倆分離四十年後的唯一一次重聚。1996年雷石榆去世,享年八十五歲。

註30　石井漠 Ishii Baku（1886-1962）：
出生於日本東北方的秋田縣,「石井漠舞踊學校」創辦人。他是一位富有文學與音樂造詣,藝術涉獵廣,敏感度高的創發者,他受過義大利教師的芭蕾基本訓練,及歐洲律動（Eurhythmics）觀念的刺激,建構出視覺化、動感化,並與日本生活哲理及美學契合的「舞踊詩」。曾於三○年代到歐洲巡演,備受矚目。他再度接觸瑞士達爾克羅茲及德國馬麗・魏格曼的現代舞,更進一步創造日本舞蹈的新境界。

終戰前三個月,他的舞踊學校在美軍空襲中付之一炬,六年後完成重建,此時,甚受眼疾之苦的大師已六十六歲,仍不放棄創作及演出,繼續苦戰了十年,1961年雙目失明的他親自上台,參與「石井漠舞蹈五十週年」的特別演出,數月後,七十六歲,畢生有三百多部作品的日本現代舞之父,在自宅昏睡中過世。

註31　石井綠 Ishii Midori：
石井漠之妹,也是舞蹈家。蔡瑞月留日後期,投入綠老師門下,充分吸收石井綠旺盛的創造力,曾參加她的舞團,數度巡迴南洋及日本境內各地勞軍,演出一千場以上,見識各地風土民俗之外,更累積了豐富的編舞和演出經驗。1960年,蔡瑞月到東京舞踊學校教學,在一個現代舞演出場合與石井綠重逢;老師寫下:「分別了十幾年後,她像天女般突然出現,向我問候。」1973年,六十歲的石井綠在遊歷喜馬拉雅山之後,來台灣教學。她與音樂家折田泉的女兒折田克子也是優秀舞蹈家,也曾來台短期教學。

註32　黃榮燦：
重慶人。昆明國立藝專畢業,版畫家,1946年從中國大陸來台,活躍於文化界。曾任教於國立台灣師大美術系,他為二二八事件所作版畫〈恐怖的檢查〉,發表在上海《文匯報》上。也曾參與由台大、師大學生所組成,引起「四六事件」的麥浪歌詠隊。他與雷石榆、蔡瑞月是交往密切的好友,曾三次赴蘭嶼作畫,回來後,還示範原住民的髮舞給蔡瑞月看。也把他的素描、木刻畫及

收集來的木雕，裝飾在舞蹈社的各處，與來訪的藝文朋友分享，
藍蔭鼎尤其激賞，要他舉辦特展。

雷石榆入獄時，他陪蔡瑞月奔走尋人；蔡瑞月入獄時，他還送肉
鬆到火燒島，也帶奶粉到台南看雷大鵬。1952年因涉吳乃光、張
以淮等案而被判死刑。（參考《南天之虹》，橫地剛著，陸平舟
譯、梅丁衍校訂，人間出版社）

註33　覃子豪（1912-1963）：
四川人。1932年入北平中法大學，1935年東渡日本，到東京中央
大學留學，與雷石榆結為好友，抗戰期間亦在翻譯社同事。1947
年來台後，覃子豪還住過雷家的舞蹈教室一年多。1965年蔡瑞月
發表了以覃子豪現代詩〈蛾〉的形象舞蹈化的作品。早年她也曾
把覃的詩作〈向日葵〉編成雙人舞，但未能發表，蔡說：「幸好
沒發表！」
覃子豪是台灣現代詩重要名家，曾參與創辦藍星詩社，主編《藍
星詩選》叢刊等，著有《海洋詩抄》、《向日葵》、《畫廊》等詩
集，及《詩的解剖》、《論現代詩》等評論集。

註34　楊三郎（1907-　）：
台北人。曾經先後到日本、法國研習繪畫，繪畫題材以山林大自
然為主，靜物、人物為副。與友人創辦「台陽美術協會」，對推
動美術研究風氣、開拓本省西畫領域，貢獻甚多。楊三郎很欣賞
蔡瑞月，曾為她畫過四幅油畫，還親自從永和跟著牛車，護送畫
作到舞蹈社借展。本書第94-95頁的插圖，就是楊三郎所繪她跳
〈瀕死的白鳥〉Dying Swan的舞姿。

註35　藍蔭鼎（1903-1979）：
台灣宜蘭人，父親是前清秀才，他從小勤讀漢學，羅東公學校畢
業後，因優異的繪畫才藝留校教學。
三〇年代到台北追隨石川欽一郎學畫。與陳澄波、倪蔣懷等結為
「七星畫壇」，每年舉行聯展，是推動台灣美術運動的先行者。他
擅長水彩、水墨與素描，作品多次入選日本「帝展」，台灣「台
展」，並曾赴義大利、法國舉辦畫展。

除教書、創作外，1951年他出任「豐年社」的社長及總編輯，他彩繪台灣風土、民俗、產業的畫作、明信片，更成為聞名國內外的台灣鄉土的圖像代表。

1966年倫敦劍橋美術館收藏他的名作〈養鴨人家〉，1971獲歐、美藝評協會聯合推選為世界十大水彩畫家之一。1973年出任華視董事長。他晚年常發表美育小品文，結集為《鼎廬小語》出版。

註36　呂訴上（1915-1970）：

彰化人。劇作家，年輕時赴日研習戲劇、攝影、和新聞，回台後，組「台北市電影戲劇促進會」，參加「台灣省藝術建設協會」，白克、呂泉生、楊三郎、藍蔭鼎、呂赫若都是協會成員，終生致力於振興和改革台灣影劇。他1961年所出版的《台灣電影戲劇史》，保存許多珍貴的台灣電影、戲劇及相關演出活動的史料，是台灣表演藝術研究者不可忽略的重要參考著作。

蔡瑞月與雷石榆婚後，與藝文界來往頻繁，常辦演出及藝術講座的呂訴上曾經邀請蔡瑞月以「關於現代舞」為題做專題演講。

註37　白克（1914-1964）：

廣西人。是台語片第一代導演，更是台灣第一代影評人，曾任國立台灣藝術專科學校編導科、影劇科兼任教授。

他畢業於廈門大學教育系，對日抗戰期間在白崇禧手下負責電影戲劇宣傳任務。1945年，台灣光復後，隨著第一批接收人員來台，拍攝「中國戰區台灣省受降典禮」，並接收日人留下的電影器材、設備和廠房，成立「台灣電影攝製廠」。他導演國、台語雙聲的《黃帝子孫》、台語片《瘋女十八年》、《生死戀》、《台南霧夜大血案》，及國、台語混音片《龍山寺之戀》，皆為叫好又叫座的佳片。白克擔任製片廠廠長時，曾積極為蔡瑞月賑災演出推銷名譽券。1962年白色恐怖時期被捕，兩年後遇害。

註38　田漢（1898-1968）：

湖南省長沙縣人。戲劇家、文學家、詩人，也從事電影、音樂創作。畢生創作話劇歌劇劇本六十餘部、電影劇本二十餘部、戲曲劇本二十餘部、詩與歌詞近二千首。由他作詞的〈義勇軍進行曲〉

就是後來中華人民共和國國歌。1947年12月偕音樂家安娥,及他倆的女兒瑪利,搭中興輪由上海來台灣,住在黃榮燦家,並四處參觀一個月左右。其間,田夫人林維中也趕來台灣指責田漢與安娥的感情關係,雙方各自開記者會及刊登啟事互罵,喧騰一時。

註39　龍芳（　-1964）:
台灣早期電影工作拓荒者之一,1955年接掌「台灣電影製片廠」,一方面把每月出一輯的新聞片改成每週一輯,在電影院、農村、海外放映;另一方面大量拍攝台灣建設紀錄片,留下各種慶典、建水庫、海港、馬路及育種、農地重劃等史料。
龍芳所製作的《沒有女人的地方》、《黃帝子孫》、《翠嶺長春》,受人稱道。1962年發行張美瑤、王引主演的《吳鳳》,是台灣第一部彩色寬螢幕劇情片,大獲成功。
1964年第十一屆亞洲影展期間,龍芳陪同港台重量級貴賓從台中故宮飛返台北時發生空難,和國泰陸運濤夫婦、省新聞處處長吳紹璲等五十七人罹難,相當影響港台兩地電影界的發展計畫。

註40　呂赫若（1914-1950）:
豐原人。1934年自台中師範畢業,擔任教職,發表小說刊登在日本《文學評論》雜誌上。1940年赴東京武藏野音樂學校習聲樂,在出版社擔任編字典的工作之餘,還參加寶塚劇團《詩人與農夫》歌劇演出,1943年更以小說獲「台灣文學賞」。光復後,他積極參與各種藝文活動,也在建國中學、北一女中教音樂。1949年,他加入地下組織,擔任《光明報》主編,事發後逃亡山區,傳說1950年在石碇附近的鹿窟被毒蛇咬傷,不幸身亡。
三〇年代,呂赫若在《台灣文藝》讀了雷石榆〈詩的創作問題〉,對他的文藝思想甚為欣賞,就用日文寫了一篇〈關於詩的感想〉來呼應。雷石榆來台以後,兩人時相往來。

註41　林明德:
1914年出生,淡水人。小學畢業後到廈門讀中學,並在上海見到梅蘭芳的表演。1936年赴日,先在東京日本大學藝術科師事崔承喜學西洋舞蹈,後進入石井漠學校等習舞。1943在日本發表〈霓

裳羽衣舞〉等典型中國民族舞及台灣高山族舞蹈〈水社夢歌〉
等,是台灣人在日本的首次個人演出。1946年回台,積極投入舞
蹈推廣及創作。1948年初與蔡瑞月合作,在台北中山堂表演他所
編的雙人舞〈幻夢〉。

註42　「大腿橫飛」「躍馬中原」「汗水飛灑」:
1948年,蔡瑞月為台北的第一批學生舉辦第二屆舞蹈發表會,雷
石榆和他中學時代的老師梅松南曾作詩描寫舞者大彈腿的動作,
詩的大意是説:
隔壁芭蕉樹的大葉扇輕送,涼風徐來,
穿著白衣的舞蹈少女露出頸背,
汗水飛灑 落如雨,大腿橫飛。
他曾解釋給妻子聽,大腿橫飛並非不雅,所描寫的是芭蕾大彈腿
旋接空中迴繞動作 (Grand Battement Plus Rond de Jambe en
L'air)。

註43　雷大鵬:
1948年3月生,蔡瑞月與雷石榆的獨子。大同初中、建國中學畢
業以後,進入文化大學德文系,對語言有濃厚興趣和分析能力,
英文、德文、日文俱佳。因舞蹈專才曾任教文大舞蹈系,1972年
加入澳洲國家現代舞團,後曾返台,舉辦多次舞展。
他自幼珍藏當年父親託攝影家朋友王之一從香港帶來的一件棕色
小外套,一直有強烈的孺慕之情,又從母親的描述中認識父親的
人品、才華與成就,嚮往與父親重聚。1974年,他先試著寫信到
廣東台山與父親聯繫,並於1988年先行經北京到保定探望父親。

註44　馬思聰 (1912-1987):
廣東海豐人。法國巴黎音樂學院畢業,小提琴家、作曲家。1931
年學成歸國,擔任歐陽予倩創辦的廣東戲劇研究所的樂隊指揮,
曾參與創辦私立廣東音樂學院,擔任院長,次年與他的學生王慕
理結婚。生女馬碧雪、馬瑞雪。抗戰勝利後來台灣開演奏會,並
擔任交響樂團指揮,兒子馬如龍出生於台北。1949年出任大陸中
央音樂院院長,1967年因不堪文革迫害,一家四口偷渡香港,轉

赴美國定居,終老於波士頓。馬思聰旅美期間仍創作不輟,曾數
度來台演出,擁有許多樂迷。1981年10月在台北演出原名《晚霞》
的大型芭蕾舞劇《龍宮奇緣》。

註45　駱璋和游惠海:

駱璋和游惠海是在海外讀到有關蔡瑞月的報導,請馬思聰寫介紹
信給雷石榆夫婦,從香港來台灣向蔡瑞月學舞六個月,也參加小
品演出。

他們返港後因雷、蔡有計畫前往香港、印尼,駱璋就來函邀請蔡
瑞月,並安排住宿、排練場地及慕名而來的學生,期盼她來開班
授舞。就在他們夫婦快要出發之前,駱璋又寫明信片,提到「也
有人從香港前往大陸」及「為人民服務」等語,竟成為羅織二人
入獄的罪證之一。雷石榆因此反覆受審,而蔡並不知此事也是被
捕原因之一。

駱、游二人後來回到中國,一直在舞蹈專業上發展;駱璋任教於
北京舞蹈學院,游惠海擔任過中國舞蹈協會理事長。1990年蔡瑞
月到保定與雷石榆重聚,才有機會談及這件令人痛苦的事端。蔡
瑞月亦曾在北京與心懷歉疚的駱璋見面,但對她不忍相責。

註46　《水社懷古》:

蔡瑞月回台以後,一直有心創作表現本土文化的作品,《水社懷
古》更是台灣舞蹈史以原住民為題材的傑出作品。蔡瑞月說,這
個舞曲是從1946年光復節,總統府前演出的兩支山地舞得到靈
感,加上孩提時期的印象、日月潭原住民傳說,就催生了這支描
寫原住民生活的舞劇。全劇分為送行、追鹿、湖畔、杵舞、打獵
舞、婚禮、祭神、慶豐收等八段,音樂採用當代台灣及中國作曲
家的作品,像江文也的〈牧歌〉,陳清銀的〈狩獵〉,和吳居徹的
〈湖畔之舞〉等。

註47　吳居徹:

音樂家,台灣首張佛教唱片的錄製者。1945年,光復之初,吳居
徹從東京音樂學院學成歸國,主動跑到台北龍山寺廣場教唱中華
民國國歌,1957年,他應星雲大師邀請製作佛教唱片,其中之

〈三寶頌〉被視為歷年來的精心之作。當年他是工專的教授,工專校歌也是他寫的,住家就在幸町雷家鄰近。在編作《水社懷古》期間,蔡瑞月把動作跳給他看,他馬上因舞製樂,寫出〈湖畔之舞〉等樂章。蔡瑞月被放出來的時候,戚戚然走到舊居,聽到吳居徹開心的大呼:「媽媽!快來!蔡老師回來了———」,她感受到好友的驚喜和期待,立刻重振精神。

註48　江文也(1910-1983):
台北三芝鄉人。聲樂家、作曲家。留日唸工業學校時,到上野音樂學校選修聲樂,是位傑出的男中音,屢次贏得聲樂獎。1934年返台演唱,也開始作曲,其中〈台灣舞曲〉管絃樂作品獲1936年柏林第十一屆奧林匹克國際音樂比賽作曲獎,從此晉身國際樂壇。不久轉赴中國大陸,在北平發表許多樂曲與論文,1947年代起,擔任北平、天津等地音樂系教授,但在「反右」和「文革」期間飽受摧殘,竟致完全癱瘓,抑鬱而終,幸有作品集及錄音傳世。《水社懷古》舞作採用了他的〈牧歌〉。

註49　陳清銀(　-1958):
鋼琴家、作曲家。台北師範學校肄業,曾赴上海任鋼琴師。返台後,擔任台灣省行政長官公署交響樂團合唱隊及台灣廣播電台合唱團伴奏,他視譜及鍵盤和聲能力之強,一時無人能與之抗衡,常應邀擔任國內外名家音樂會、獨唱會的伴奏。1947年根據高山族曲調創作〈狩獵歌〉,在台灣鋼琴樂曲創作史上,有特別的意義。這個曲子也是《水社懷古》舞作的基本配樂之一。

註50　雷石榆被捕及出境:
1949年6月1日,雷石榆被捕,關在台北保安處(就是日據時代的東本願寺,現在西門商圈獅子林大廈所在),蔡瑞月多方奔走,終於在兩三個月後見到移監中山北路一段警務處的雷石榆。後以「奸黨嫌疑犯」的罪名被判處驅逐出境,9月,與十幾位台大、師大教授一起押送基隆港拘留所,等著上船。他先被送到廣州,一週後共軍打來,他為了跟妻兒重聚,就去了香港,直到1952年初才回去大陸任教。

蔡瑞月作品 1946
芭蕾舞〈瀕死的白鳥〉Dying Swan
楊三郎為蔡瑞月繪下美麗的白鳥舞姿 1954

台灣舞蹈家蔡瑞月的生命傳奇 舞者阿月

牢獄玫瑰

（幕再起時，後牆再度緊閉，並延伸出兩道側牆，舞台中區空間成ㄇ字形。場上灰茫空盪。

蔡瑞月身穿灰色的緊身衣，下面穿鬆寬的藍青長褲，披著一件同色寬大的上衣，從左下方角落上來（註51）。她後面也跟著一小群人，穿著青色的上衣長褲，是不同年齡的女囚，她們二、三人低聲且小心地說著話，或拍拍背，捶捶肩膀。蔡瑞月也低著頭，用雙手捂著臉，無力而沮喪，丁靜（註52）和李格非（註53）發現了。）

李　格　非：蔡瑞月回來了。

丁　　　靜：蔡老師！蔡老師！怎麼了？

　　　　　　（兩人往前去安慰她，蔡瑞月抬起頭，看到是她們，就說）

蔡　瑞　月：大鵬連我也不認得了。

丁　　　靜：不會的。

李　格　非：不要難過，小孩就是那個樣子，有的時候偏不要人抱。

丁　　　靜：蔡大嫂把他抱來，能見面就好，還有誰？

蔡　瑞　月：還有我繼母，她還有帶胃藥來給我，丁靜，妳也吃兩粒吧。

丁　　　靜：沒有用，我把妳的這瓶藥全吞下去也沒用。妳自己留著吧。

（蔡瑞月指指坐在另一邊的一位難友。）

丁　　靜：哦，給校長太太好了。

（她們把藥拿過去了。）

校長太太：成！看來明天還是會看到太陽。（學台語）真多
　　　　　謝哦。

蔡　瑞　月：到底什麼時候可以放我們出去？我牙齒好像又發
　　　　　炎了！

丁　　靜：來，坐下來吧，小聲一點。

（她們三個坐在近中線稍右處，其他的難友（註54）
也多數坐下，集中在一處，偶有一兩個空洞的眼
神望著外面，或做出揉肩、扶腰、咳嗽的動作。）

（房外突然傳來一陣慘叫聲，和鞭打的聲音，女囚
們都聽到了，面面相覷，盡量沒有什麼反應和表
情，各自哀傷但壓抑地做著手中的事，翻書、挖
著鈕扣洞、綁著辮子，把手中的紙船拆開又摺起
來。

然而，蔡瑞月突然受不了了，她搗起耳朵，哭
叫，雙腳用力跺地，大家都嚇了一跳，丁靜趕緊
抱住、按著她的腿，李格非站起來往外面探看，
側耳聽著外面有什麼動靜。）

丁　　靜：蔡老師，不要這樣，蔡老師。

李　格　非：（跑過來，把歌本翻開，鎮定的在蔡瑞月身邊打

著拍子，哼唱〈索爾未格之歌〉的歌調）哩啦……
……梯哆唻……咪發發咪咪哆啦……啦多多梯梯索
咪……

（蔡瑞月止住了哭聲，靠在丁靜身上，慢慢抬起
頭，看著李格非，也輕輕發出聲音，哼一個個尾
句。）

李　格　非：要不要再學一個歌，

（抬起頭望著大家）

練一個輕快一點的？高興一點的？茶花女中的飲
酒歌？嗯，不要，還是蕩婦卡門。（她的口氣，
惹得大家笑了）

（某年輕難友建議）

難　友　II：唱〈紅葉白骨〉。

難　友　I：（小心地）不好吧？

難　友　II：（逕自唱起）「這原野曾流遍了英雄血……」

丁　　　靜：（突然大力咳嗽）

李　格　非：妳看，嗆到人了吧，來。唱輕鬆一點的，青春舞
曲？嗯，紅豆詞？

（難友中發出了「哦～～～」的聲音）

難　友　II：好吧，來，「太陽下山……」

（沒有人想唱）

（突然聽到外面傳來砰砰碰碰的聲音，大家一驚，

又回到低頭的模樣。

李格非拿歌本與蔡瑞月一起看。）

蔡　瑞　月：紅豆詞──，妳教我唸──

（她們小聲唸，所有人都不願抬頭。

左下角走進一個穿黑色長統靴的官員，和一個穿

著藍囚衣的男難友。）

獄　官　員：（在女囚身上巡看一番，像在找什麼人，突然說）

十五號，十五號是哪個？

（蔡瑞月緊張站起來，監獄官員對她打量著）

就是妳啊，嘿，看不出來。妳注意聽好，下個月

要表演節目，上面指定要妳編排一下，要妳排幾

個舞蹈節目。

蔡　瑞　月：（挺直著腰）在那裡演出的舞蹈節目？我是說，

要編幾支舞？什麼性質的？

我們需要衣服和化妝用的東西，可以寫信嗎？

獄　官　員：是中秋節晚會，到外面的場地去表演。節目來個

三、四十分鐘吧。（指著那位男囚）他們男房負

責胡琴、鼓什麼的。

妳──可以寫一封信，列出需要的東西先交上

來。

蔡　瑞　月：那邊的風琴可以用嗎？排練比較順暢。

獄　官　員：風琴？那就要到操場那一邊去，這樣啊，好，也

可以，妳們隊長帶去。（回頭對男囚說）你去商量一下音樂。

（李格非上前與他討論。）

十五號，妳好好表現，女房負責舞蹈，這裡所有人，還有隊長、隊員都參加，可不是妳一個人跳。

蔡　瑞　月：（忍受著他的口氣）我知道，不會的。

（官員帶著男難友離開。丁靜她們圍過來商量）

丁　　　靜：蔡老師，妳教過的小品用不用得上？會不會來不及？

李　格　非：他們那邊還有一個國樂團，會樂器的不少，我想音樂不成問題，妳要怎麼弄音樂，妳說，我記下來再跟他們一起編譜，再配一下就成了。

蔡　瑞　月：小品不適合，那是我們擠在以前那個小間跳的。我想應該編一個大一點的舞劇，適合中秋節的──

（大家開始有一點興奮，都在動腦筋想。）

「嫦娥奔月」──，很多角色。這樣每一個人都可以上去跳。妳們每天練習就不會來不及，中秋節還有幾天？

丁　　　靜：還有一個多月。老師，妳跳嫦娥嗎？

蔡　瑞　月：不，我想請女典獄長扮嫦娥，她不必很多動作，

其他角色的動作比較多。

李　格　非：好主意。（開朗的對大家說）

　　　　　　以後拉筋每一個人都要參加了。

　　　　　　（此時有一個年輕的女囚美枝（註55）從後面走過
　　　　　　來）

美　　　枝：蔡老師，先生，蔡樣，妳教過我，十多年前，在
　　　　　　台南鄉下，妳來小學補校教我們日語，結果都拿
　　　　　　來教舞，還有唱歌謠，妳大概不記得了？

蔡　瑞　月：我記得，我去日本以前，昭和十二年，我女中剛
　　　　　　畢業的那年。

　　　　　　我只是認不出妳了，妳的樣子變了。

　　　　　　（兩人親切的相擁。）

美　　　枝：我是美枝。

蔡　瑞　月：哦，美枝，妳是住永康嗎？

美　　　枝：不是，是大灣再過去。

　　　　　　老師的樣子變更多，我才不敢認，在這裡，也不
　　　　　　好認。

蔡　瑞　月：為什麼妳也會進來？

美　　　枝：我先生。後來我從補校畢業，就去嘉義做工，嫁
　　　　　　給在糖廠的先生，他被通緝逃到山裡去了。我就
　　　　　　被關進來，希望把他引出來。但我知道這些都沒
　　　　　　用，他們捉不到他的。

蔡瑞月：妳都不害怕？

美　　枝：怕都怕過了。

　　　　　現在（壓低聲音）越關越甘願，他們終有一天會
　　　　　被打倒的。

蔡瑞月：妳在說什麼？妳是在想什麼？

美　　枝：他們捉到他，一定是槍斃，我也不會活下去。他
　　　　　們捉不到他，也一樣，不會放過我的，想也算
　　　　　了，把我打死好了。

蔡瑞月：那妳有小孩嗎？

　　　　　（原本單純、自信的美枝突然激動起來）

美　　枝：我的孩子已經沒了。一個三歲，一個一歲，跟我
　　　　　們逃的時候發高燒死了，我對不起我的小孩。

蔡瑞月：（跟著她暗泣）我也真不甘願，憑什麼我們的家
　　　　　庭要被毀壞。

美　　枝：老師，妳的先生——？妳不是一直有在台北教學
　　　　　生？妳先生還活著？你們有小孩？

蔡瑞月：兩歲不到。

美　　枝：那因為什麼？

蔡瑞月：他們說因為我跟共匪通信。

美　　枝：啊——他是「上級」嗎？

蔡瑞月：不是。

美　　枝：那為什麼？

蔡　瑞　月：不知道，可能他太活躍，又常寫文章。

美　　　枝：得罪了人——他沒被「碰」？

　　　　　　（蔡瑞月搖頭。）

美　　　枝：那還好，現在呢？

蔡　瑞　月：被驅逐出境到香港。我本來想帶孩子去香港找
　　　　　　他，結果不到半年就關我。後來我才知道，那時
　　　　　　候他的船在基隆港停了十天才開船，我恨死了，
　　　　　　早知道就抱著大鵬上船去跟他一起走。

美　　　枝：真沒想到，老師，我以為妳會比我好命。在這裡
　　　　　　看到妳，我好心痛。

蔡　瑞　月：看妳那麼膽子大的樣子講話，我才更心痛悲哀。

美　　　枝：不要悲哀，我現在是被關，沒辦法，要是在外
　　　　　　面，我也會去革命。

蔡　瑞　月：我又沒有要革命，我只是跳舞！

美　　　枝：跳舞也是革命。

蔡　瑞　月：不要再亂講了。

美　　　枝：嫦娥奔月也是革命。

蔡　瑞　月：我說了我不跳嫦娥奔月，我是一個弱女人，我要
　　　　　　編一個〈母親的呼喚〉。

美　　　枝：母親的呼喚就是革命。

蔡　瑞　月：美枝，妳不要再害我了。（蔡瑞月阻止她，但又
　　　　　　覺得被說中要害，兩人相擁往旁邊走下。）

（丁靜叫大家排隊站好，一台風琴推上。李格非拿
著鈴鼓打拍子。丁靜帶基本動作，一群女囚在簡
陋的風琴伴奏下，一起練舞。）

丁　　靜：一、二、三、四，

二、二、三、四，

三、二、三、四，

四、二、三、四。

好，要不要稍微快一點，好，來。

一、二、三、四，

二、二、三、四，

三……

（穿囚衣練舞的場面進行著，蔡瑞月扮作老婦模樣
站在右下角，也在思考推敲著角色，回頭看著大
家，忍不住指點）

蔡　瑞　月：來，身體柔和一點，手盡量伸長，圓一點，眼睛
看外面，微笑，微笑，不要再生氣了，來，跳起
來一點，高興一點，一點就好。

（接著她轉臉向外，神情肅然地說）

我還是跳了一支獨舞，〈母親的呼喚〉。一面編舞
的時候，我還會常常在樹底下哭。想著大鵬和石
榆。還有，（她壓抑著悲傷）我不能送終的父
親。家人把衣服道具送來的時候，讓我看到一幅

輓軸，他們讓我秘密看到父親為我憂心而過世的
消息。（她停了一下）

中秋節，我們坐卡車到中山堂去開晚會，路過中
山北路快要到農安街的時候，心一直噗噗的跳，
我真希望會突然看到大鵬。

表演的時候，我的眼淚一直流下來。

在後台，一個總司令跟我說，「十五號，妳表演
的很逼真，很感人。」

我是一個表演家嗎？

我是十五號。……我是十五號。

（她拍拍自己灑滿白粉的頭髮）再過幾個月，更遙
遠漫長的火燒島刑期在等著我，這個十五號。

（丁靜、李格非走過來，幫她把老婦的假髮及罩袍
除下，美枝則在另一邊收拾兩個小皮箱、小包
袱。）

丁　　靜：老師，妳多保重。

李 格 非：蔡瑞月，這些歌本和小說妳都會帶過去吧。

蔡 瑞 月：我會很寂寞，但也為妳們高興，妳們不用去那
　　　　　裡。

　　　　　妳們兩個怎麼了，不要不敢對我現出笑容。

丁　　靜：（過來擁抱她，對美枝說）要照顧。

蔡 瑞 月：李格非，現在我北京話講得不錯了！

李 格 非：我知道我們以後一定會相見的。

蔡 瑞 月：將來，我會編一個「紅豆詞」的舞，如果正式表演，我請妳來唱。

李 格 非：將來妳一定會找到更好的音樂家。呵呵，不會再靠我們了吧。

丁　　靜：這塊圍巾還是帶著。老師再見。

（李格非按按她的肩膀，幫她把一疊書捆好。）

（後面的難友們快速分開，離去。只有六、七人拖著步子往前移動。她們留下和蔡瑞月在一起，拿了個小板凳，坐在舞台中前區，燈光區縮小，打在她們身上，很耀眼灼熱。

海浪的聲音，她們坐在板凳上，也左搖右擺。）

（蔡瑞月捂住胃部，有點暈船。美枝看看她，就把小凳子搬過去，靠近她）

美　　枝：蔡老師，妳還好嗎？胃藥沒有了。要不要吃點東西，鹹的。

蔡 瑞 月：這裡會有什麼東西吃？

美　　枝：（回頭看了看）有，這裡有一包這個。（蔡瑞月接過來看，用牛皮紙袋包著的）

蔡 瑞 月：（也小聲問）哪裡來的？

美　　枝：有一個太太在碼頭，等她先生，等不到，就跟警衛說轉送給蔡老師，一包肉鬆，一包肉乾，肉乾

我藏在箱子裡。

蔡　瑞　月：等先生等不到，是誰？（翻開牛皮紙袋，辨識上
　　　　　　面淡淡的毛筆字）楊，楊什麼？難道是楊逵（註
　　　　　　56）？

　　　　　　啊！楊逵被害了，（她用雙手摀著臉）我先生一
　　　　　　定很傷心。石榆，楊逵……

美　　枝：不是這個名字。

蔡　瑞　月：不是楊逵，那會是誰？（轉臉看她）那位楊太太
　　　　　　什麼樣子？很瘦嗎？

美　　枝：沒有看見，但一定不是這名字。

蔡　瑞　月：那會是誰呢？（翻來翻去的看，看到牛皮紙口袋
　　　　　　後面一行小字）延平學院，楊？啊！是楊廷謙部
　　　　　　長，帶我們同船回家鄉的楊廷謙！

　　　　　　我以為他放出來了。

　　　　　　在內湖監獄我向他借過二十塊錢。

　　　　　　我是傳字條向他借十元，他馬上傳送來二十元，
　　　　　　還特地告訴我出獄以後不必聯絡還錢，以免再度
　　　　　　被牽累。

　　　　　　我還在想，他比我早就出獄了。

　　　　　　他太太還想到把肉鬆送給我，（輕輕拭了淚）我
　　　　　　不胃痛了，妳要不要吃？

美　　枝：那收起來吧！

（蔡瑞月與美枝兩人靠在一起，無神地看著前面的
波浪，背後隱隱傳來幽遠哀傷的〈索爾未格之
歌〉：

冬天不久留，春天要離開，春天要離開。

夏天花會枯，冬天葉要衰，冬天葉要衰。

任時間無情，我相信你會來，我相信你會來。

我始終不渝，朝朝暮暮，衷情地等待。）

蔡 瑞 月：還要坐船多久？

美　　枝：不知道。

蔡 瑞 月：怎麼那麼遠？

美　　枝：他們怕，他們怕我們——

蔡 瑞 月：會讓我們寫信吧。

美　　枝：總是會的吧。

　　　　　（兩人沉默了一陣。）

蔡 瑞 月：會讓我們跳舞嗎？

美　　枝：妳呀，蔡老師，一定會的。

　　　　　（燈更暗，浪聲更大。她們坐在深藍的海上，不知
飄向何方？不知何年何月才能回家。終至一片黑
暗。）

註51　蔡瑞月牢獄之災：
1949年被迫與丈夫分開之後，蔡瑞月回鄉告別父老，且於11月21日至23日在台南南都大戲院舉辦告別演出後，準備帶兒子出國去團圓。在申請出境時，才知道先生有案，她是不可能獲准的。1949年12月中旬蔡瑞月也被捕，先關在台北保安處，偵訊她與先生通信的內容，1950年8月轉到借用內湖國小的「新生總隊感訓處」，1951年約5月左右移送綠島，直到1953年1月獲釋。

註52　丁靜：
國立南京劇專畢業，當時二十多歲。常參加舞台劇表演，喜歡文學、歌唱，曾跟蔡瑞月學過舞。因受男朋友唐先生牽連而入獄。蔡瑞月在獄中為獄友編舞、練舞時，她是最得力的助手。

註53　李格非：
國立重慶音樂院畢業，當時在花蓮女中教音樂，受同事牽累而被捕。蔡瑞月常跟她學北京話，也學了不少中國藝術歌曲和民謠。她出獄之後仍擔任中學的音樂老師，跟蔡瑞月重聚之後，兩人還曾經為〈苗女弄杯〉的演出攜手合作。

註54　牢房裡的難友們：
蔡瑞月被關在保安處時，同一牢房那群二十幾歲的大陸流亡學生，以及後來的獄友：師大副教授「明姊」、嘉義的葉太太、企業家的細姨、共產黨的女朋友等。她們教她講國語，看《基度山恩仇記》、《簡愛》這些翻譯小說，而蔡瑞月則教她們拉筋練身體，或跳跳簡短的小品，紓解壓力。

註55　美枝：
蔡瑞月留日前曾經到草地小學補校去教農村失學少女，除教日語外，大部分時間都在上音樂和舞蹈，很受學生的歡迎。「美枝」這個角色一方面根據這段往事，另方面閱讀許多白色恐怖期間台灣女性政治犯的故事和資料，參考了馮守娥、許月里、陳金玉、

陳銀等位女士的形象，寫出本劇中唯一的虛構人物。

註56　楊逵與雷石榆：

三〇年代，透過《台灣文藝》，一些台灣作家對雷石榆已有深刻的印象。1946年雷石榆來台後，常發表詩作、劇本、時事評論，也作過專題講演。他和楊逵有兩、三次在台北的文藝座談會上同座，一見如故。

楊逵是著名的小說家，敢於對抗威權，日據時代常被拘禁，光復後又因討論台灣前途而坐牢。

1949年，雷被捕後，同牢房的人說，前兩天楊逵還在這裡，可能押到火燒島去了，故楊、雷二人並未在牢房相遇。

翻查資料時發現：楊逵給兒子取名為「資崩」，而雷石榆另有一個名字是「社穩」，但同時吃盡資本主義台灣及社會主義中國的苦頭，令人為這兩個浪漫熱情的理想主義者扼腕抱屈，唉！真是難兄難弟。

1982年楊逵到愛荷華訪問，曾向中國作家打聽雷石榆的消息而未果，1984年，紐約《華僑日報》記者王渝寫信告知雷這回事，並請陳若曦帶口信回台灣給楊逵，但很可惜，直到1985年楊逵去世，這兩位互相關心惦掛的老友都沒直接通信。

台灣舞蹈家蔡瑞月的生命傳奇 **舞者阿月**

See You, Formosa

■ 蔡瑞月作品 1955
芭蕾舞〈秋意〉Autumn Has Seemingly Set In
郎靜山攝 1954

　　（全盛時期的中華舞蹈社，有兩面牆都嵌立著鏡子和扶把。一位年輕的教師方華（註57）帶著舞者正在練芭蕾的進階彈跳及旋轉動作。

　　旁邊有一架鋼琴，在動作的進行中，教師方華對鋼琴伴奏者提示節拍之後，也同時用一支手杖敲擊著地板，加強輕重的效果。

　　學生專注的一個個跟著，做了幾種變化和來回，開始有些氣喘吁吁的樣子。）

方　　華：好，現在可以去把鞋穿好。準備排一下Swan
　　　　　Lake，可以嗎？

　　　　　（學生們，有幾個回答，其他的點個頭，就快快去
　　　　　拿自己的硬鞋來穿。）

　　　　　（此時蔡瑞月與李格非由舞台右邊上來，蔡瑞月穿
　　　　　著雅緻的裙褲套裝，手中提著女用公事大皮包，
　　　　　和一個大紙袋，上地板前脫掉高跟鞋，另一助教
　　　　　明珠立刻過來幫她拿東西。）

明　　珠：老師回來了。

方　　華：老師，我正要開始看她們跳Swan Lake。

蔡瑞月：（稱讚地點點頭）今天應該有進步。

方　　華：不要給我東忘西忘就好了。

　　　　　（回頭招呼學生）

準備。

帶子綁好，不要一面跳一面掉。

蔡　瑞　月：明珠，來，妳練一下這個。

（從袋中取出磁杯。）

明　　　珠：新買的杯子！老師，妳真的找到新杯子了。

蔡　瑞　月：我也請靜修女中的音樂老師來幫我們把音樂配好，見過嗎？這是李格非老師。

明　　　珠：李老師。

李　格　非：妳就是〈苗女弄杯〉（註58）的苗女啊？我們跑了老遠，看了不知道多少舖子。蔡老師都不嫌累，我只好跟在她後面跑。看到這個，味道對了，再一敲，就買下來了，妳試試看。

蔡　瑞　月：聲音更清脆，有活力。

上次那種杯子比較沉，聲音傳不遠。

（李格非和明珠兩人在一旁；明珠比動作，李格非哼曲調。）

（此時地板外站著四、五個背著書包的中學女生。）

蔡　瑞　月：（看看裡面的助教，小聲問）她們是哪一班的？新來的嗎？

外地生Ⅰ：我們來報名。

外地生Ⅱ：我們想學舞蹈。

蔡　瑞　月：（有些無奈，看著明珠和伴奏）你們怎麼沒有和
　　　　　她們講？

伴　　　奏：講了。但是，她們在外面一直等，說要等老師回
　　　　　來。

蔡　瑞　月：（只得自己去跟她們解釋）
　　　　　現在真的是放不下了。空間不夠，妳們看一下，
　　　　　妳們就是進來了也沒有地方跳。

外地生Ⅰ：晚上不行的話，週末白天也可以。

伴　　　奏：週末人更多，連站的地方也沒有，都站到鋼琴這
　　　　　裡來了。

外地生Ⅱ：真的嗎？

伴　　　奏：真的，從早上八點半到晚上十點，一班接一班，
　　　　　滿滿的。

蔡　瑞　月：我不是不肯收妳們，現在我每天都在想，要怎麼
　　　　　再找更大間的教室，所以，現在……是……

外地生Ⅱ：（站在那哭起來）可是我們很想來學跳舞。
　　　　　（伴奏趕緊過來安慰）

伴　　　奏：不要這樣，等我們可以開新的班就寄明信片給妳
　　　　　們通知。

蔡　瑞　月：不要難過，妳們從哪裡來？也許那邊也有舞蹈
　　　　　社？

外地生Ⅰ：沒有，我們想來這裡學。

外地生Ⅱ：我住桃園，她們兩個住新竹。

蔡　瑞　月：（對伴奏說）不是說小芳和阿丹準備去新竹開
　　　　　　班。

　　　　　　（再轉過來）也許不久以後可以在那裡學跳舞，
　　　　　　唉，妳們下了課就搭公路局過來？還是坐火車？
　　　　　　不要難過，我看到妳們這樣我也很不忍心。妳們
　　　　　　書包放下來，先坐下來，休息一下。

伴　　　奏：就坐鋼琴旁邊好了。（很好心地小聲說）
　　　　　　等一下會排一次《天鵝湖》。
　　　　　　（這幾個學生很開心地坐下。）

外地生Ⅰ：那我們可以來學舞嗎？

蔡　瑞　月：再一個月看看。
　　　　　　明珠，也許我們去把隔壁那間也租下來？

明　　　珠：啊，老師，那要很多很多錢耶。

蔡　瑞　月：（看了看那些坐在地上的學生）
　　　　　　好吧，等下再說。
　　　　　　對了，明珠，我們先來這裡把這個弄杯的動作作
　　　　　　明確。格非把過門和反覆的地方標出來，再交給
　　　　　　國樂團去演奏。
　　　　　　（一抬頭看到後面《天鵝湖》有一排天鵝已擺好，
　　　　　　就說）
　　　　　　馬上，五分鐘。

方　　華：（拍拍手，對那一排學生指揮著）

　　　　　妳們先練這個，輕輕的，對，腳的動作要輕。

　　　　　妳們幾個用扶把練這個。

　　　　　好，大家輕一點。

蔡　瑞　月：來，格非，麻煩妳跟明珠合一次。

　　　　　（明珠與她同時動作，並一起輕聲唱著歌詞）

李　格　非：「夜雨瀟湘兩岸風，燕銜香泥，雙雙飛舞西到
　　　　　東。」

蔡　瑞　月：下面先轉身，來，接下來。

李　格　非：「行穿花徑對花酌」

　　　　　這裡有兩拍休止符，要不要擊杯？好，再一次。

　　　　　「行穿花徑對花酌」，咔、咔、咔、咔，對了，

　　　　　「人在醉鄉中」

蔡　瑞　月：下面間奏，大動作，四小節，再來第二段，（鋼
　　　　　琴加入，也有同學跟著唱）

李　格　非：「流鶯聲裡笙歌度，仕女相呼，湘水漣漪似西
　　　　　湖，留連歡娛忘歸路，船入荷深處」———

蔡　瑞　月：很好。（對李格非）妳歌詞很不錯。沒問題了，
　　　　　妳們兩個？

　　　　　（她們倆點點頭，並一起確認著動作和音樂。蔡瑞
　　　　　月繼續交代）

　　　　　譜上註明清楚了，就可以拿去樂團。不要忘記升

降半音的地方……

（回過頭對天鵝們行一個中國式的舞台禮。她們也
回一個西洋式的舞台禮。）

方華，妳們開始吧。

（柴可夫斯基《天鵝湖》音樂滑入，眾女孩翩翩起
舞。蔡瑞月坐在舞台前緣的小桌旁凳子上。）

（跳了一會，後面燈光漸暗。讓觀眾看到一段宛如
舞台上的《天鵝湖》。

芭蕾繼續，燈光再暗一點。

蔡瑞月對李格非說）

蔡 瑞 月：這班學生從小練，芭蕾技巧很成熟了。

李 格 非：蔡瑞月，我好高興，妳把這兒弄得多美哪！

（蔡瑞月與好友相視微笑，在一旁抄譜的明珠也抬
起頭來。）

明　　珠：她們民族舞也很會跳，基本動作一個比一個厲
害，學的好快。

蔡 瑞 月：連我自己也喜歡民族舞。以前齊如山（註59）老先
生一個蘭花指一伸出來，我就覺得神奇得不得
了，好像整個人都被吸過去了。才去請蘇盛軾
（註60）老師來教平劇動作。

明　　珠：老師妳好棒喲。把蘇老師的刀槍啊，水袖啊都編
進去了。

老師妳教完舞劍，再教我們舞翎子，好不好？還
有水袖。

老師，明年是不是要用這個去比賽？

蔡　瑞　月：還沒決定呢。大家先練好基本動作，我把舞先給
妳們編起來，練會了，還要修動作，還要弄音
樂。（對李格非）其實音樂不好找哦。可是音樂
好，舞才會好。

李　格　非：找不到，再派「任務」給我好了。

明　　珠：反正老師編的都是拿冠軍。

蔡　瑞　月：那也不一定，別的舞蹈社優秀的學生也很多。

妳們還要多磨練！

（這時外面回來一批穿著《農村組曲》舞衣的小女
孩，由幾個較年長的學生淑貞、胡渝（註61）等帶
回來。）

淑　　貞：老師我們回來了。

胡　　渝：他們請我們吃點心，到晚會結束才坐車回來。

蔡　瑞　月：跳得好不好？（故意去問小學生）

有人拍手嗎？

小學生們：（一起大叫）有，一直拍一直拍，還跟我們拍
照。

（剛才留下看舞的中學生也在這時候向蔡老師致謝
後，依依不捨地離去。）

胡　　渝：老師這是花，廖五常（註62）老師要我們帶回來放
　　　　　在舞蹈社。

蔡 瑞 月：廖老師呢？

胡　　渝：他送我們回來就坐車回去了。

蔡 瑞 月：（往外走到門口，張望）

　　　　　車子已經開走了？不早講。

　　　　　妳們真是小孩子，我要去謝謝廖老師。

胡　　渝：廖老師說「不謝」，「免客氣」。

淑　　貞：老師，我們把衣服掛起來。

　　　　　（小學生進去把放舞衣的架子推出來，一面脫去外
　　　　　面的長大衣衫，掛起來，一面唱哼著呂泉生（註63）
　　　　　的〈農村酒歌〉，然後跳跳蹦蹦的離去。

　　　　　後面的《天鵝湖》練習也告一段落，方華對圍在
　　　　　一起的學生們講評提示。

　　　　　資深舞者把大件汗濕的衣服晾在舞蹈社周圍的把
　　　　　杆上。

　　　　　芭蕾的學生向方華及蔡瑞月行禮後逐漸拿著鞋子
　　　　　等衣物離去。

　　　　　明珠拿著她整理好的樂譜在後面，獨自一個人做
　　　　　動作對一遍曲子……

　　　　　方華過來坐在蔡老師身邊）

方　　華：老師，隔壁的陸先生真的願意租給我們？

蔡 瑞 月：他有來問過，其實是要讓給我們。

方　　華：哇，那真的要花很多錢……

　　　　　老師，真沒想到現在有這麼多人來學舞。

蔡 瑞 月：怎麼沒想到？我是有想到。妳想想妳們自己小時
　　　　　候就懂了，現在當然更多。

方　　華：那如果把隔壁買下來，可以容納更多的學生。

蔡 瑞 月：而且，我也在想，可以建立一個表演的場所，一
　　　　　個自己的劇場，兩棟連在一起，應該夠。

方　　華：那每年我們就可以有不只一次的舞展了。老師，
　　　　　我好喜歡跟妳做舞展哦。

蔡 瑞 月：做的時候累死了，一直說怎麼這麼笨，我怎麼這
　　　　　麼傻瓜呀，編這麼多舞做什麼。可是過幾天就忘
　　　　　記了，又想創作新的舞。

方　　華：每年都是。

蔡 瑞 月：我也希望妳們都有表現的機會，一次舞展真的不
　　　　　行。

方　　華：老師，妳大概會真的去買隔壁了呢？

　　　　　（蔡瑞月對學生笑笑不語。）

　　　　　（胡渝和淑貞她們把衣服晾好，電扇開著，也準備
　　　　　離去。）

胡　渝
淑　貞：老師，衣服掛好了，在吹電風扇。

蔡瑞月：三輪車還等在外面嗎？要不要送妳們？

淑　　貞：謝謝老師。

（方華往內間走去。）

方　　華：我去廚房。

（此時外面傳來敲門的聲音，一陣比一陣急，蔡瑞月拉長了背，停止不動，表情從驚嚇轉為憤怒。方華也聽到了，端了個碗站在另一邊的門口，表情也有一點緊張。淑貞、胡渝看到老師的反應，也不知就裡地抱在一起。蔡瑞月對她們搖搖手。）

蔡瑞月：我去。

（她倏地站起來往外走，李格非跟著，站在內門邊往外看。淑貞、胡渝跑過來和方華靠在一起。蔡瑞月再走進來時，後面跟了兩個穿著灰暗夾克的男子。）

要幹什麼？

特　務　甲：來看看妳在幹什麼？

蔡瑞月：每天在外面巡邏還不夠嗎？

特　務　甲：當然不夠，外面看不到裡面，不知道我們偉大的舞蹈家在裡面做什麼？

蔡瑞月：讓這兩個小學生先回去。

特　務　乙：那怎麼成？

蔡瑞月：你都查過她們的身分證了，讓她們先回去，很晚

了。

特　務　甲：好好好。看這種小妞也造不了什麼反。

蔡　瑞　月：妳們到巷口找三輪車，快點回去。

胡　淑　渝　貞：老師再見。（下）

　　　　　　（特務甲乙穿著皮鞋走上地板，再進去往各個角落

　　　　　　探看。）

蔡　瑞　月：你們在找什麼？有什麼好找的？

特　務　乙：沒有，沒有找什麼。

　　　　　　（回頭，突然問）

　　　　　　妳有多久沒交報告？

蔡　瑞　月：（突然被打到一般）最近太忙碌──

　　　　　　好，明天就交去。

特　務　乙：妳，有跟「外面」通信嗎？

蔡　瑞　月：當然沒有。

特　務　乙：也沒有請南部的親戚、朋友傳話？帶信兒？

蔡　瑞　月：沒有！沒有！（大叫，幾乎要發怒了。）

特　務　甲：好好好，妳說沒有就沒有。

特　務　乙：明天，交報告。

　　　　　　（兩人亂敲一下鋼琴，離去。）

特　務　甲：舞蹈家，再見啦，bye-bye。

　　　　　　（蔡瑞月氣得倒在椅子上，李格非看特務出門去

　　　　　了，回來安慰蔡瑞月說）

李　格　非：他們到底要幹什麼？都是這麼晚來嗎？

蔡　瑞　月：不一定。有時候半夜。有時候白天，我們正在上
　　　　　課，門口停很多車子；他們故意跑進來。

李　格　非：他們還好沒來過我學校。那我就別混了。我不比
　　　　　妳，妳這裡惹人注意。除非外面有什麼風吹草
　　　　　動，他們才到我住的地方來查。妳還好吧？（過
　　　　　去攬著她）

蔡　瑞　月：以為習慣了，但每次還是會氣得要死，看我這麼
　　　　　多皺紋。

李　格　非：我還不是。妳沒有老。

蔡　瑞　月：真希望——真不知道要希望什麼——

李　格　非：不要難過了。（故意逗她）蔡瑞月——加油——
　　　　　蔡瑞月——安可——
　　　　　（蔡瑞月只得露出笑容。）
　　　　　（方華端食物上來。）

方　　華：老師，妳一定又吃不下了。

蔡　瑞　月：不會，我要吃多一點。
　　　　　活得好好的，把他們氣死。

方　　華：（露出高興的樣子）不錯，那我們一起吃，一面
　　　　　來講出國的事……
　　　　　（蔡瑞月仍大受影響地坐在那裡，表情木然，方華

　　　　又拿出兩個小碟子來。）

李　格　非：多少吃一點。跳舞的體力消耗那麼大。我在這裡
　　　　　　打地舖陪妳，今晚上不回去了，不要害怕了。

蔡　瑞　月：出國。

　　　　　　好吧，我幫妳們籌備。

　　　　　　我聽到這兩個字就頭皮發麻。

　　　　　　可能又是只有妳們去，不給我去。

　　　　　　（她仍舊不愉快地坐在那裡。燈光漸暗。

　　　　　　方華把麵放在她面前，勸她吃一點。她也把麵碗
　　　　　　挪近一些，低頭禱告幾秒鐘。再抬起臉來，看看
　　　　　　碗中的食物，對方華無奈地苦笑，嘆口氣。李格
　　　　　　非半靠半躺在地板上望著她們。燈漸全暗。）

　　　（現代音樂的鋼琴曲沉緩又變為急促，忽起忽落，時輕時
重。

　　　燈光只亮前區。

　　　蔡瑞月在內間做出門前的打扮，穿著長外套，拿著皮包
和高跟鞋，走到門邊，又想起了什麼，回到裡面拿了一本相
簿，再越過地板，穿鞋。站在舞台右下角。神情端肅。然後
她從右下角沿台邊沉緩地往左走去。

　　　音效出現七○年代台北熱鬧喧嚷的車聲。此時舞台左角
推出一套精緻的沙發椅，兩人座和單人椅之間還有一個小茶

几。

　街頭音效聲轉低，趨靜。然後柔美的傳統弦樂小曲漸入。

　馬思聰夫婦衣著整齊地由右邊上來，坐下，也像在等待什麼人的神情。

　在蔡瑞月到達馬氏夫婦寓所之前，他們開始對話。）

王　慕　理：你想她會來嗎？

馬　思　聰：會的吧。

王　慕　理：都聯絡好了，這回。

馬　思　聰：我想她會來，我希望她會來。雷公交代的話，一定要帶到。

王　慕　理：我還是有點納悶，上次她為什麼說「妳打錯電話了」。

馬　思　聰：也許她還是一時沒法接受雷公再娶的事。

王　慕　理：那也不可能就掛我的電話。

馬　思　聰：幾年前的事了。慕理，我看妳不要放在心裡面了。

王　慕　理：沒有，一點也不。我只記得她也不問清楚我是誰。只說「妳打錯了，不要害我，妳打錯了，不要害我」，奇怪。

馬　思　聰：搞不好台灣到現在也有政治監控？

王　慕　理：我們可別這麼說，不過，就是有的話，我也不太
　　　　　　意外。

　　　　　　（當蔡瑞月站在他們的「門外」約數秒鐘後，馬氏
　　　　　　夫婦像聽見了叩門聲，互望了一眼，馬夫人王慕
　　　　　　理女士旋即起身，馬先生也站在她身後，再三、
　　　　　　五秒後，燈光亮起，他們三人同時微笑、打招
　　　　　　呼，蔡瑞月與王慕理握手，再與馬思聰握手，他
　　　　　　們請她進來坐下。）

蔡　瑞　月：馬先生、馬夫人。謝謝你們邀請我來見面。

馬　思　聰：我們早就該見面。上次來台灣就想跟妳聯絡……，
　　　　　　石榆和我老朋友了。

蔡　瑞　月：上次的事情很對不起，我覺得真失禮了……

王　慕　理：別這麼說，是我該想到的。

蔡　瑞　月：我太害怕提到我先生的事情被人偷聽，才不敢在
　　　　　　電話上跟妳講下去。

王　慕　理：我們是離開大陸之後，就到美國，從文革的北京
　　　　　　到自由世界，我以為再也不用提心吊膽了。

馬　思　聰：來台灣之後，看大家生活得很好，就更想不到還
　　　　　　有這種事……

蔡　瑞　月：好幾年我連大陸來的人都不敢接觸。
　　　　　　妳還說是我要人轉信給石榆，叫他結婚，我更嚇
　　　　　　得只好把電話掛斷。

你們一定想不通我這個人怎麼那麼沒禮貌。

但是這次回來仍然設法找到我，跟我相見，真的很感謝你們。

馬 思 聰：我們也反覆想這件事，知道一定有原因，後來當然對整個環境也比較了解了。

王 慕 理：對不住，叫妳又意外受驚嚇了。（過去握著蔡瑞月的手）沒再受罪吧。

蔡 瑞 月：舞蹈社的工作順利就好，演出的時候很忙碌。一個人編舞的時候，我會想起他。

馬 思 聰：這些年是苦了你們倆了。

石榆一個人也過了十幾年，很孤單，很想念你們母子，很多朋友都勸他結婚，他不肯。直到妳請人帶話……

蔡 瑞 月：是，葉可根（註64），石榆的學生，我們的結婚介紹人。

馬 思 聰：雷公不相信。一直問真的嗎？真的嗎？真的嗎？

王 慕 理：在小房間裡大步的踱來踱去，心裡很不平靜。

馬 思 聰：他心底下也明白妳的牽掛、妳的心意，可是突然聽到，挺複雜的，有失落感。

王 慕 理：他說，阿月叫我不用等了，為什麼？

我對他說，不是不用等了，是——如果有適當的人可以結婚。

蔡　瑞　月：對，我就是這樣說的。

　　　　　　他誤會我嗎？

馬　思　聰：他一時不能理解。

蔡　瑞　月：我也想過他可能想錯，是不是我自己不等下去
　　　　　　了。

　　　　　　如果我有這個心，反而不敢這樣講──他怎麼懷
　　　　　　疑我──

馬　思　聰：他熱愛妳。

　　　　　　否則我們從來沒見過妳的朋友怎麼都知道妳？

　　　　　　他頭幾年終日的設想，終日的講，要怎麼才能跟
　　　　　　妳見面呢，他出不來，妳去不了。

王　慕　理：妳到日本訪問的時候，他在天津，枕頭、被褥都
　　　　　　買好了。買了一條上好的絲棉被，以為妳會去。

蔡　瑞　月：兒子在台灣，還在唸小學，出國一次還要有三個
　　　　　　保人簽名蓋章，怎麼丟得下。

馬　思　聰：他心裡明白。

王　慕　理：他就是痴。

　　　　　　後來，妳從日本又回了台灣，他才把被子用床單
　　　　　　包起來，擱在櫃子底下，看都不敢看。

蔡　瑞　月：我捨不得他。

　　　　　　我也捨不得他再苦。

　　　　　　他也苦命。（忍著淚，三人靜默了片刻，音樂悠

悠持續著）

他現在回復教書工作了？

馬思聰：回復了。不過大概也快回去保定了。

蔡瑞月：那個……人，好嗎？

（馬思聰看他太太一眼，不知如何回答）

王慕理：也還好，中學的歷史老師。她也吃過苦，對雷公
的文學成就很敬仰，也蠻照顧他的，妳放心吧。

（覺得還是該轉變話題）

說說妳吧，妳過得還好嗎？妳的孩子多大了？大
學畢業了吧？

馬思聰：如果石榆知道我們在這兒和妳相聚，不知道有多
高興。

我們一回到美國就跟他寫信。

蔡瑞月：大鵬在澳洲國家現代舞團，去年正式加入的。

我，一直排舞就是了，我剛排了一個《聊齋》的
故事，〈墓戀〉，算是中國現代舞劇的型式。

馬思聰：你也用了《聊齋》的故事。

（蔡瑞月把相簿交給馬太太）

蔡瑞月：這裡有劇照，這是大鵬。

這邊是我們最早的一張全家福照片，大鵬周歲還
不到。

這是大鵬和我跳Demeter and Dionysus。

王　慕　理：我看看，長的像雷公。他二十幾？二十五。

　　　　　　（馬思聰也戴起眼鏡，把相簿拿過去，站著在燈下

　　　　　　細看。）

馬　思　聰：這些都是他的相片，後面的都是在澳洲舞團的劇

　　　　　　照嗎？

蔡　瑞　月：是的，他是全澳洲唯一東方舞者，相片都一直拍

　　　　　　他。

王　慕　理：雷石榆說過，本來以為孩子長大會畫畫，結果真

　　　　　　的跟著母親跳舞。

蔡　瑞　月：他學舞也是很自然。我們跳舞教室就是住的地

　　　　　　方。晚上，睡到半夜，我會尖叫，大鵬過來把我

　　　　　　叫醒。我很怕自己影響了他。

王　慕　理：妳教得真好。妳培養他很成功。

蔡　瑞　月：我對他不嚴。從小我同情他沒有父親，還有一大

　　　　　　段時間寄養在我大哥家裡。我覺得離開很難受，

　　　　　　可是老早就「決心」想把他送出國。

王　慕　理：雷公真想念台灣，不只妳，還有你們家的人。

馬　思　聰：石榆很記得妳的兩位兄長，以前他會用台灣話

　　　　　　說：

　　　　　　阿兄，請坐，今日敢有閒，我請你吃飯。

王　慕　理：我說這是台灣話嗎？怎麼聽起來跟廣東話差不

　　　　　　多。他還要教我們講耶。

蔡　瑞　月：（不禁莞爾）是，他台灣話亂講一氣，真的像廣
　　　　　東話。

（馬思聰突然興奮的走過來）

馬　思　聰：頭條新聞，頭條新聞，阿端找到了。

（兩位女士抬頭看著他）

　　　　　妳看，大鵬他又純潔又漂亮，就是《晚霞》中阿
　　　　　端的形象。

王　慕　理：再給我看看，再給我看看。（也滿意地點頭）

　　　　　瑞月，思聰還以為再也找不到這麼純真、樸實的
　　　　　臉孔了。

蔡　瑞　月：真的嗎？你是說要大鵬來演出《晚霞》？

馬　思　聰：我寫了好幾年的舞劇音樂，也一直在等編舞的人
　　　　　……

蔡　瑞　月：我在報上看到這個大消息，覺得有意思，但不敢
　　　　　想……

馬　思　聰：來，我們一起想。慕理，可以先印一份鋼琴譜給
　　　　　瑞月。

王　慕　理：這麼興奮啊？作曲家，馬上要開會了？

馬　思　聰：（被太太調侃得有點不好意思）沒有，先聊聊，
　　　　　瑞月一定想先聽聽故事內容……

（但仍然難掩興奮之情，學起雷石榆的台灣話，來
對他喊話了）

　　　　　阿兄，請坐，今日敢有閒，我請你食飯哪。

　　　　　（十分荒腔走板）

蔡　瑞　月：是「呷崩」。

馬　思　聰：我請你呷崩哪……

王　慕　理：天啊，被人說中了，天不怕，地不怕，就怕廣東
　　　　　人學台灣話。

　　　　　（音樂聲漸強，掩蓋他們的笑語聲）

　　　　　（燈光轉換，小客廳的光漸弱，蔡瑞月走出，靜靜
　　　　　地往舞台中間慢慢地說）

蔡　瑞　月：《晚霞》的故事很美，作者寫故事的時候，就像在
　　　　　寫著一份舞劇說明書。從馬思聰夫婦的住處出
　　　　　來，他們的謙謙風度和熱情的對待，讓我很感
　　　　　動。石榆的朋友竟在大鵬身上看到了「阿端」。
　　　　　我真巴不得馬上跑回去編舞。

　　　　　（仍然十分輕十分慢的走步，帶著一種壓抑的疲
　　　　　憊。）

　　　　　（她還沒走過中線，右邊出來一批高壯的男男女
　　　　　女，穿著深淺不同的青年裝或西裝，他們抬著一
　　　　　張橢圓形的會議桌面上場，到舞台右中定位，然
　　　　　後不時以沉緩的節拍向左或向右繞圈移步，並做
　　　　　開會狀。
　　　　　蔡瑞月往會議桌的方向看了一眼，再轉向外，繼

續帶著痛惜的語氣，幽幽道來）

蔡 瑞 月：大鵬從澳洲回台灣，與我帶領著五十幾位dancers
　　　　日夜排舞。

　　　　（雷大鵬由舞台後面正中出現，穿著舞劇中的衣
　　　　服。）

　　　　他特地為「阿端」的墜海設計了驚險而充滿美感
　　　　的動作。

　　　　馬思聰來信說，他什麼都不用擔心了，只擔心音
　　　　樂。

馬 思 聰：（仍與妻子在舞台左邊一角）〈賽龍舟〉的樂章，
　　　　　對鋼琴手而言，並不好駕馭，速度很急，若你們
　　　　　要用樂隊錄音來排練，我就編總譜給你們寄去。

蔡 瑞 月：〈賽龍舟〉的曲子充滿了爆發力，氣勢雄偉、澎
　　　　湃，生動的場景，源源不斷。水的氣勢，龍舟的
　　　　交錯前進，觀眾的歡呼，廟會的節慶氣氛，全寫
　　　　在音符裡了。

　　　　讓我在視覺上也充滿了動力和層次……

馬 思 聰：「大鵬賢侄：

　　　　　能夠把這一個樂章的繁複變化，用如此流暢的線
　　　　　條和空間感來表現，超乎我的想像。而龍王與解
　　　　　姥姥的角色質感，與我在作曲上的設定，相當符
　　　　　合。我也同意你們將燕子往優雅、婉約的成熟女

性方向來詮釋……

至於說樂團的問題……」

（蔡瑞月漸漸走到會議桌的前方）

蔡　瑞　月：舞劇的音樂，是樂團的挑戰，也是舞者的，和編
　　　　　　舞家的挑戰。

　　　　　　我歡迎這種挑戰。覺得馬思聰難度高的音樂，充
　　　　　　滿了吸引力和創造力。

　　　　　　大鵬尤其歡喜和這麼一位謙和、認真的作曲家工
　　　　　　作。又是他父親的好友，令我們兩代只想全力以
　　　　　　赴。

　　　　　　但馬思聰沒想到樂團的問題難解決，合作的對象
　　　　　　很無奈地換了又換，所有的決定，不是在排練
　　　　　　場，而是在會議桌上。

　　　　　　（會議桌往舞台中間用力轉去，雷大鵬讓位，往右
　　　　　　彈跳。此時蕭渥廷亦由右邊上來，他們兩人一起
　　　　　　過去站在母親的身邊。）

　　　　　　（馬思聰以手支額，陷入苦思。王慕理則手執電話
　　　　　　筒，無神地望著前方。）

　　　　　　（會議桌發出拍擊的沉重聲響，每一震動，蔡瑞月
　　　　　　隱忍的身軀就顯得更為衰弱。）

蕭　渥　廷：沒有創作的心，只聽到「意義重大」、「重大貢
　　　　　　獻」，這種開會的語言。很多部會單位出席，每次

　　會議記錄上還寫著「機密」兩字。但下次會議又
　　會把上次的決議推翻。

蔡　瑞　月：這樣的會議開了好幾十次。

蕭　渥　廷：難道我們不能聲張我們心裡的不滿？

蔡　瑞　月：不能。

蕭　渥　廷：那難道也不能跟他們說我們不演了？

蔡　瑞　月：也不能，我也不敢。

蕭　渥　廷：媽媽，為什麼妳到現在還這麼害怕？

蔡　瑞　月：我是害怕。一部分，是為你們兩個害怕，我只有
　　　　　　忍耐，不能率性而去。我不願意任何事發生在你
　　　　　　們兩個身上……

　　　　　　（會議桌上傳出來的聲音）

會議聲Ａ：我們可以登個報，就寫：「蔡瑞月、雷大鵬母子
　　　　　宣布退出《晚霞》」。

會議聲Ｂ：要不要說「民間團體不能勝任」這個理由……

會議聲Ａ：不用扯這個，就說他們自己因故退出。

會議聲Ｃ：一定有人會問的。

會議聲Ａ：不會有人問的。他們也不會講。

會議聲Ｂ：他們是君子，也是淑女。他們風度要緊。

會議聲Ｃ：還是用「晚霞」，這兩個字？

會議聲Ａ：改個名字好了，用日薄西山的晚霞來慶祝建國七
　　　　　十年國慶，多不吉利，改成「龍宮奇緣」吧。

（會議桌聲音、動作停住，漸漸旋繞而下。）

（馬思聰夫婦的燈光暗去。）

蔡 瑞 月：作曲十年，編舞七年。

結果他們說的，三、四個月，分分工，每人編一段，就做完了。

那段日子，很沉默。

（她調整情緒，較為平靜、溫柔的說）

我至今還記得那些角色，和那些苦練角色許久卻沒有機會上台的舞者們。

（雷大鵬回到舞台中，以精緻的舞姿往左上方舞去。）

阿端純真，晚霞委婉又聰慧，解姥姥善體人意。

和風清新，還有夜叉、乳鶯、燕子、柳條、蝴蝶，都在龍宮裡化成精、化成人的模樣。沒有雜質，只有透明的心境，是人和草木魚蟲都和諧共存的理想世界。

這個世界，竟然不存在。

我們排練和演出的生活繼續下去，大鵬回到澳洲舞團，渥廷也跟我開始申請。（蕭渥廷暗下。）

我似乎覺得可以離開這裡了。

不捨得家鄉，不捨得舞蹈社。不捨得也還是要捨得。

　　沒法子在台灣過下去，因為，終於了解，光有
愛，有抱負，不夠！

（蕭渥廷再上來，從皮包裡取出一個信封。）

蕭　渥　廷：媽媽，良民證領回來了。

蔡　瑞　月：什麼？

蕭　渥　廷：警察局發的良民證。

蔡　瑞　月：哦，我坐牢的紀錄註銷了。

　　　　　　可以出國定居了。

　　　　　　（拿過來看看，搖頭，再輕輕一笑）

　　　　　　什麼良民證？

　　　　　　我以為跳舞才是我的良民證。

　　　　　　（薄薄的文件飄落在地上，渥廷下地去撿起來，坐
　　　　　　在地上掩面不語。蔡瑞月也下地，去看著渥廷，
　　　　　　輕拍著她的背）

蔡　瑞　月：不要難過。不要難過。

蕭　渥　廷：老師，我真希望可以永遠在這裡跟妳練舞。

蔡　瑞　月：我也不希望離開。本來想叫妳先去，怎麼換成我
　　　　　　去。

蕭　渥　廷：還是妳先去，大鵬一個人在等。真希望什麼事都
　　　　　　沒有，只要在這裡，在這個舞蹈社的地板上。每
　　　　　　天給妳擦地板，在地板上看書、聽音樂、睡覺，
　　　　　　醒來就練舞。像以前一樣。

蔡　瑞　月：渥廷，我覺得對妳不起，對你們不起。是我不夠
　　　　　　勇敢，不夠聰明。

蕭　渥　廷：老師——

蔡　瑞　月：妳今天一直叫我老師。

蕭　渥　廷：嗯，媽媽——（但立即改口）老師，我要叫妳老
　　　　　　師。我記得那一天，第一次走到這裡來，看到老
　　　　　　師，跟老師說，我想學舞。我就知道這裡是我這
　　　　　　輩子的地方。妳去我才放心，讓我跟靜文來給妳
　　　　　　看家。

蔡　瑞　月：太辛苦，怕妳太辛苦。

蕭　渥　廷：妳看過那一個喜歡跳舞的女孩覺得辛苦。

　　　　　　（燈漸暗）

註57　方華、明珠：
第一代子弟及舞蹈社助教方淑華、方淑媛、江明珠、陳瑞珍、陳
瑞瑛、楊嘉、周愛碧、王蓮子、蔡光代、李清漢、陳玉律、徐元
慶等人的綜合體。

註58　〈苗女弄杯〉：
蔡瑞月1959年作品。她經由學生李清漢介紹，向來自湖南的姚浩
習得當地手握雙瓷杯互敲的民間遊戲，此一「敲杯」法給了她編
舞的靈感。根據姚浩哼的一小段民謠，她加上「過門」及「變
奏」，「升半音」、「降半音」等變化。並請李格非填詞，參加競
賽時也由李格非現場演唱，蔡瑞月二嫂盧錫金以風琴伴奏，奪得
民族舞蹈競賽的冠軍。
一年後應邀前往日本教學前，又請國樂及西樂團演奏錄音。從
此，〈苗女弄杯〉的配樂流傳各地，這個舞碼也流行數十年，不
同的舞蹈社都有自己的版本，劇中所記的唱詞出自舞蹈提倡者何
志浩將軍的填詞。
二嫂盧錫金也是台南人，是蔡瑞月主日學同學，雖然她初次聽說
蔡瑞月要學舞，曾經很憂鬱的說：「這麼乖順的女孩，怎麼會去
學跳舞？」但是，1946年蔡瑞月在太平境教會舉行返鄉第一場演
出時，還是由盧錫金伴奏的，後來蔡瑞月搬到二哥的宿舍同住，
並開班收學生，已經成為二嫂的她更是蔡瑞月最重要的幫手。
盧、蔡雙方的母親情同姊妹，盧錫金和蔡瑞月的關係，猶有過
之。

註59　齊如山（1875-1962）：
河北高陽人。十七歲進入清代總理各國事務衙門同文館，通曉德
語、英語、法語，赴歐洲遊歷各國後，悉心體系化他對現代劇場
演出與經營的觀察。1913年他即在北京倡導京劇劇場現代化，及
美學慣例的整理與維護。除論述外，他另一具體貢獻是協助梅蘭
芳改進舊戲、編寫新戲，並組團赴美盛大演出七十二場，是梅氏
藝術創作及建立國際認知的最大功臣。1948年他來到台灣，以七

十高齡，仍持續在國劇表演藝術的薪傳與發揚等方面出力。他著作等身，傳世的《齊如山全集》即有十巨冊，五百餘萬言。而他「無聲不歌、無動不舞」的精緻舞台原理，更是影響後輩學子理解和實踐「全能劇場」的第一口訣。

註60　蘇盛軾：
京劇「富連成」科班盛字輩的演員，來台後加入大鵬劇隊，為台灣京劇傳承與教學的拓荒者之一。蔡瑞月經魏子雲介紹，向蘇老師請教京劇基本功和槍、劍、彩帶、水袖的使用要領，一起研究舞蹈路線圖和動作的線條。蔡瑞月說：「他的教學有完整的系統，助我建立中國民族舞的元素、概念、形式。」
六、七〇年代，除蘇老師外，蔡瑞月也請教過京劇名角劉鳴寶、哈元章，及國術前輩劉木森老師，更吸收了無數戲劇界、藝文界的專家及好友的觀念與法則，開拓了她從現代舞跨足民族舞的天地。

註61　淑貞、胡渝：
蔡瑞月成立中華兒童舞蹈團，由「資深」兒童舞者擔任團長、副團長。淑貞、胡渝就是團長吳淑貞，副團長金大飛、胡渝生的綜合體。而奇妙的是本劇作者小學、中學、大學先後與渝生、淑貞、大飛都同過學，而且與渝生、淑貞同過座，經由同窗而接觸蔡老師的舞者，有機會常看到舞團的節目。

註62　廖五常：
艋舺有名的「拳頭師傅」，落館在華西街，熟習傳統廟會陣頭，蔡老師常向他請教台灣題材的舞藝，他也數度到舞蹈社示範教學，蔡老師編的獅子舞、龍舞、車鼓陣、牛犁歌、太古船、跑旱船、藤牌單刀、踩高蹺等，都接受他提供步伐和動作設計的意見。廖五常在民族舞蹈比賽中表演過蔡老師所編的「車鼓陣」，動作俐落純淨，蔡老師推崇備至。

註63　呂泉生（1916-　）：

台中神岡人，聲樂家、指揮家、教育家。1943年他從日本修習音
樂返台後，開始用五線譜為台灣民謠記譜，將〈丟丟銅仔〉、
〈六月田水〉、〈一隻鳥仔哮救救〉、〈百家春〉、〈涼傘曲〉編為
合唱曲，又與同好組「厚生男聲合唱團」，並參加《閹雞》一劇
的演出。日治末期的1945年，他們合唱的錄音，曾經在NHK播
放。呂泉生寫過的樂曲兩百多首，如〈搖嬰仔歌〉、〈杯底不可
飼金魚〉、〈青海青〉、〈阮若打開心內的門窗〉、〈農村酒歌〉
等，都是傳唱不輟、雅俗共賞的名曲。

指揮省交合唱團、中廣合唱團、擔任聲樂教授、編輯出版《101
世界名歌集》外，呂泉生在1957年創辦榮星合唱團，對台灣音樂
人才的培育，音樂欣賞人口的養成，貢獻至鉅。

八十八歲的呂老師現居住在加州Hacienda Heights，仍以寫曲為
樂。他分布世界各地的弟子也常為他舉行各種慶祝音樂會。

1949年11月下旬，蔡瑞月剛結束在台南的六場演出，就遇到親切
邀約她到靜修女中教課的呂泉生，她很高興的答應這份新的舞蹈
教學工作，只是不久之後，她就被捕入獄。後來在中華舞蹈社期
間，蔡瑞月編台灣情調的舞作時，常採用呂泉生的曲子，至少有
七、八首。

註64　葉可根：

從小在日本受教育的華商子弟，初中畢業才回福州上高中，與留
日的老師雷石榆常以日語交談、討論問題，師生感情深厚。葉可
根回日本念完大學後到台灣電力公司任職。1946年冬天師生在台
灣重逢，雷蔡結婚時，他擔任介紹人。據說他後來離開公職，去
日本從事貿易。

尾聲：廢墟月光

▌蔡瑞月作品 1962
現代舞〈牢獄與玫瑰〉Jail and Rose
蔡瑞月，台北中山堂首演

（嗩吶及敲擊樂組成的音效突地進行，背幕微微透出紅
光，逐漸加重，並閃動著。依稀可以辨識出是舞蹈社的輪
廓。紅光持續一陣，再轉成灰暗。音樂漸進，由清淡漸轉換
成類似序場的莊嚴嘹亮的音樂聲中，魏子雲、林懷民、蕭渥
廷在右下角出現，宛如觀看典禮，也見證了舞蹈社內的重
建。前區有一道光束亮起，照在年近八十的蔡瑞月身上，她
獨自在左下角穿戴她的銀白假髮和寬長的禮袍。）

（麥克風傳出司儀的聲音：頒發中華民國八十三年
度薪傳獎，請總統頒獎。得獎人，蔡瑞月。）
（蔡瑞月露出輕鬆文雅的笑容）

蔡 瑞 月：哦，原來是給我的。

（司儀：澳大利亞昆士蘭科技大學頒發榮譽博士學
位 for Madame Tsai Jui-Yueh。
有兩位工作人員上來，把博士帽及肩帶為她配戴
好，蔡瑞月莊重但輕鬆致謝。）
（她開始往舞台中心走。
燈光隨著她的移動漸亮。這是遭到火燒後的舞蹈
社內景，背後支架著幾乎要傾頹的牆柱。
幾位專業舞者站在地板上，正為重建蔡瑞月的舞
作進行排練。

一位剛排完〈印度之歌〉的年輕舞者在試戴她的頭飾，《水社懷古》的「獵人」和「鹿」也在一旁討論他們的飛躍動作。

蔡瑞月走向廢墟前的一把藤椅，正準備坐下。）

蔡　瑞　月：好，我們可以開始看下一支舞了。

（司儀的聲音又傳來）

（司儀：第四屆台北文化獎頒獎典禮

　　　　「台灣舞蹈的月娘──蔡瑞月女士」

　　　　獲得「終身成就獎」。）

蔡　瑞　月：哦，還沒有好。

（對舞者們微笑、致歉，背後的柱子倒下一根。）

（司儀：國際扶輪社頒贈

　　　　千禧年水晶獎牌「跨時代的世紀風華」

　　　　給蔡瑞月女士。

恭禧蔡女士獲得「資深職業婦女成就獎」！）

（她優雅地站著微笑）

（司儀：台美基金會

　　　　「人文科學成就獎」頒獎典禮，

　　　　得獎人，蔡瑞月女士。）

（她四顧點頭致意。廢墟中又一根支柱半倒向
前。）

蔡 瑞 月：大概沒有了吧？

要不要開始？

（司儀：國家人權紀念館開幕，請蔡瑞月女士蒞臨
　　　　開幕典禮。）

（她微笑向前走幾步，兩邊焦黑的支柱又向前移
動，她致意後再度嫻雅地坐下，向舞者們說）

蔡 瑞 月：好，對不起，再來一次。

（西班牙佛朗明哥舞的響板及音樂響起，背後漸漸
佈滿紅光。

偉誠與素君（註65）在排練〈牢獄與玫瑰〉。他們
倆先小聲對一次節拍與動作。）

素 　 君：一、二、三、四，我就退後、退後，然後手帶起
來，二、三、四，轉。

偉 　 誠：那我是小步，三、四，轉，這樣才跟妳那邊動作
配合。

（他們配合一遍後，看著蔡老師。）

蔡 瑞 月：這樣對，現在請連前面做一次。（兩位舞者誠懇
謹慎地再做一次）

很好，不要跳太高。（偉誠依言再跳一次）

對，這樣才好，佛朗明哥風格就出來了。

（對素君）

妳的腰跟著手一起抬一下，很好，腿過去的時候，眼睛正好過去，對了，表情，眉頭可以再鎖緊一點，感情再進去一點，從心裡面。

（她忍不住站起來，身邊的助理想去扶她，她擺一擺手，自己慢慢一步步走到台中間。）

那時候編這個舞用flamingo，就是可以不顧一切地痛苦。全身每一個地方都可以拉長出來，都有傷害。

（她與偉誠對跳，素君在她後面注視著她的手腳及節拍。）

還有這個響板，一下又一下，特拉特拉特拉搭⋯⋯

急速的，大聲的，發出要求、渴望啊⋯⋯

懂嗎，來，把這支舞好好的再跳下去。

（他們舞蹈出牢獄中男子的追索與想像，及牢獄中女子癡心的盼望。

蔡瑞月沉緩地轉身，定位，背對著觀眾席，抬起手要他們繼續。素君接進來跳，隔牆的愛侶仍在互相聆聽、訴情，卻不能碰觸、相依。）

（這時音樂停止了，兩位舞者也凝住不動，只有蔡
瑞月手上的響板輕輕敲出遙遠的迴聲。

她慢慢移動，走到當年相別的「椅子」處，靜靜
站定，等待著、憧憬著、回想著。

此時一道光從左邊翼幕後射出，然後走出一個身
影。

雷石榆出現在舞台上，身穿象牙白的中式長衫，
也是滿頭銀髮，周身仍充滿光華、充滿愛意的看
著蔡瑞月，向她伸出雙手。

依稀聽聞四十年前雷石榆文章中對蔡瑞月的描
述：

在舞台上她像個十幾歲天真爛漫的少女，

**在我眼前，她是一位端莊文靜的廿五、六歲的女
子，**

她淡細的眉毛下有著善於凝視的眸子。

舞台上的她令人陶醉，

舞台下的她更令人讚嘆。

燈光轉換，背後的焦黑支柱移動，十幾位少男、
少女舞者由焦黑的殘柱危牆中翩翩起舞，跳著現
代芭蕾〈月光〉。

偉誠和素君在佛朗明哥的舞步中，由舞台右邊跨
步共舞而下。

蔡瑞月與雷石榆溫柔地互望。偶然回頭看一眼周
圍清純如小鳥的舞者。

蔡瑞月輕輕抬腳，柔和地擺動手腕，雷石榆伸手
扶住她的另一隻手，蔡瑞月仰頭對他微笑，相隔
四十年後，兩人終於再度相會。他們身上的光圈
縮小。

〈月光〉舞者們進行到一個完美的圖畫，然後燈光
也隨音樂漸收。）

註65　偉誠、素君：
雲門資深舞者陳偉誠、吳素君，代表2001年「舞蹈重建」時來參
與的舞蹈名家。（舞碼及舞者，請見下表）

2001年台北新舞台舞蹈重建之舞碼及舞者

牢獄與玫瑰——蔡瑞月的人生浮現

上半場

1. 印度之歌（李嫦春／詹曜君）
2. 追（李名正／林智偉）
3. 黛玉葬花（賴秀峰）
4. 女巫（陶馥蘭／李曉蕾）
5. 傀儡上陣（華碧玉、陶志彥）
6. 月光（李名正、游杉婷、呂佳霈、侯怡伶、
   廖筱婷、侯當立、蔡晴丞、林維哲）

下半場

1. 同舟（魏沛霖、戴麗芳、詹曜君）
2. 勇士骨（李曉蕾、李名正、林智偉）
3. 牢獄與玫瑰（吳素君、陳偉誠）
4. 死與少女（游好彥、鄭淑姬）
5. 新建設（游杉婷、呂佳霈、侯怡伶、廖筱婷、
   侯當立、蔡晴丞、江文璋、林智偉）

國家圖書館出版品預行編目資料

舞者阿月：台灣舞蹈家蔡瑞月的生命傳奇／汪其楣著.
-- 初版. -- 台北市：遠流, 2004 [民93]
面； 公分. --（戲劇館）

ISBN 957-32-5311-9（平裝）

1. 蔡瑞月 - 傳記

854   93015794

台灣舞蹈家 蔡瑞月 的生命傳奇

舞者阿月

2004.12.9 台北國家戲劇院首演

12.9～11 > 7.30pm / 12.11～12 > 2.30pm

編　　劇：汪其楣
導　　演：汪其楣、黎煥雄
製 作 人：溫慧玟
舞　　台：林克華
燈光設計
服裝設計：林璟如
演　　員：汪其楣、朱陸豪、李靜美、張曉雄、李玉琥、吳義芳、王玥、吳文翠、
　　　　　程健雄、岳志中、魏沁如、魏佐伊 等20餘人
執行製作：蟻曉玲
舞台監督：王耀崇
導演助理：姜富琴
排練助理：陳利真
行政宣傳：邱美芳
平面設計：潘麒如

即刻上網加入兩廳院之友www.ntch.edu.tw，可享購票優惠。

兩廳院售票系統10/1票券啟售

票價 300 600 900 1200 1500 www.artsticket.com.tw tel 02-33939888

團體票不限票價 20張9折 50張85折 100張8折

主辦： 國立中正文化中心